W0321335

BORIS VIAN

Werke

in Einzelausgaben

Herausgegeben von
Klaus Völker

BORIS VIAN

Sprengt die Bank!

Satiren, Balladen, Projekte

Deutsch von
Wolfgang Sebastian Baur,
Frank Heibert,
Eugen Helmlé und
Klaus Völker

Verlag Klaus Wagenbach Berlin

Inhalt

Satiren und Szenarios

Lieder und Balladen

Schriften über Jazz

Satiren und Szenarios

Unterhaltung mit einem Adjutanten

(Operettenadjutanten, das versteht sich von selbst)

Name?
Vian, Herr Adjutant.
- Vorname?
- Boris, Herr Adjutant.
- Sind Sie Ausländer? Armenier? Wohl einer von denen mit Niederlassung?
- Leider nein, Herr Adjutant. Ich bin aus Ville-d'Avray, Seine-et-Oise. Vorname des Vaters: Paul, Vorname der Mutter: Yvonne, und aller Wahrscheinlichkeit nach kommt Vian von Viana, von Italien, von der italienischen Schwester jedenfalls.
- Sind Sie etwa der Cousin von Admiral Philip Vian?
- Leider nein, Herr Adjutant. Berühmte Verwandte habe ich nicht, mit Ausnahme meiner Großeltern, die Eisenschmiede und Spezialisten für Bronzearbeiten waren und die den ehrenvollen Auftrag bekamen, Gitter für den Landsitz von Edmond Rostand in Arnaga herzustellen; ausgesprochen bizarr ist es, daß ich durch Jean Rostand, der unser Nachbar in Ville-d'Avray war, zur Literatur gekommen bin...
- Ach, Sie schreiben... Das hätte ich mir denken können.
- O, Herr Adjutant, ich habe mehrere Berufe, ich bin Ingenieur, Autor, Übersetzer, Musiker, Journalist, Sänger, Jazzkenner, und nunmehr künstlerischer Leiter einer Schallplattenfirma.
- Donnerwetter... beachtlich... schön und gut, aber, wie sagt man... wer viel anpackt, packt nichts gründlich an.
- Das hängt davon ab, was man für Arme hat, Herr Adjutant... Schauen Sie meine an.. Ich bin wie ein Affe gebaut... Geschaffen für die (Agri-) Kultur, die Sie zu Blut und Boden kommen läßt.

– Verspotten Sie mich nicht oder ich trete Ihnen ins... Wenn ich das Wort Kultur höre, entsichere ich meinen Revolver.
– Das ist nicht von Ihnen, Herr Adjutant...
– Egal! Ich scheiß auf die Intellektuellen...
– Nun, Herr Adjutant, der Kerl, der diesen Revolver erfunden hat, ohne den Sie machtlos sind, glauben Sie nicht, daß der auch ein bißchen intellektuell war?
– Ziehen Sie Ihre Nummer ab?
– Und der oder diejenigen, die diese Sprache erfunden haben, derer Sie sich so vorzüglich zu bedienen wissen, Herr Adjutant, waren das keine Intellektuellen?
– Worauf wollen Sie hinaus?
– Und der Erfinder von Dienstgraden bei Armee und Pfaffen, was ja ziemlich auf eins rauskommt, weil doch der Säbel dem Weihwasserwedel die Hand führt, der hätte nicht mehr nachgedacht als der Nachbar?
– Kleine Schlaumeier wie Sie imponieren mir nicht! Das Lied kenne ich!
– Schon gut, nicht ich... ich hau nun ab, Herr Adjutant... Ich werde mich zu Ihnen aufrichten müssen, da Sie sich nun einmal nicht zu mir herablassen wollen... Ich werde Ihnen zum gründlichen Studium ein Handbuch des Chansonnier-Anwärters geben, damit Sie mir darüber wieder neue...
– Schluß jetzt!
– Klar, Herr Adjutant, ich verdufte!

Wenn ihre Frauen sich zanken

Außerhalb der Ehe – was in Wahrheit die schlimmste von allen ist – haben die Frauen wirklich ein Talent, einen in überaus peinliche Situationen zu bringen. Bei der Hochzeit kommt man davon, indem man »Ja« zu einem Kerl sagt, der eine Schärpe über dem Bauch hat, und einer Anzahl hämisch kichernder Leute einen ausgibt (die Leute sind entzückt, wenn sie sehen, wie ihre Artgenossen sich an haargenau derselben Stelle die Fresse aufschlagen wie sie selbst). Doch ansonsten... was tun? Wenn es ausreichte, zu einem anderen Kerl »Nein« zu sagen, der ein Erkennungsmerkmal wie die Schärpe hätte (eine schöne Tätowierung auf der Stirn beispielsweise), wäre damit das Problem auch noch nicht gelöst, denn nachdem man »Nein« gesagt hätte, würde man am folgenden Tag eiligst »Ja« zu einer anderen sagen, und alles finge von vorne an. Denn so stehen die Dinge:
1. Man kann nicht ohne Frauen auskommen;
2. Frauen sind alle gleich.
Deshalb werde ich mich wahrscheinlich in einem Duell schlagen. Aber ich muß Ihnen erzählen wieso.

Das kommt alles von dieser Manie der Frauen, die Einladungen anzunehmen, die an ihre Männer gerichtet sind. Letzten Donnerstag kriege ich einen Brief, mit elegant kalligraphierter Aufschrift, auf parfümiertem Papyrin (eine gute Nummer von Chanel, todsicher), und ich mache ihn auf. Es war eine Karte meiner alten Freundin Rosette de K..., die mich einlud, das Wochenende auf ihrem kleinen Landsitz zu verbringen, 80 km von Paris.
»Perfekt«, sagte Odile, die die abscheuliche Angewohnheit hat, über meine Schulter mitzulesen, wobei sie so tut, als streichle sie mich, »was werd ich anziehen?«
»Aber...«, sagte ich. »Äh... Ich weiß nicht... Hast du nicht Angst, es könnte ein Männerwochenende werden?«

Sie blickte mir gerade ins Gesicht.
»Ich werde Hosen anziehen, wenn es dich beruhigt.«
»Hör mal, Odile«, sagte ich im Tonfall der Vernunft, »stell dir nicht schon wieder irgendwas vor. Rosette ist eine alte Freundin, punktum, das ist alles, und sie weiß, welche Pflege meine Gesundheit erfordert.«
»Niemand kümmert sich besser um dich als ich«, sagt Odile. »Du bist ein eingebildeter Kranker, und die beste Behandlung dafür ist, es dir ständig zu wiederholen.«
»Jedenfalls ist das bestimmt ein Fest in aller Schlichtheit, und irgendein altes Kostüm wird schon richtig sein.«
»In aller Schlichtheit, mit so einer Schrift und so einem Briefpapier!« knurrte Odile. »Ich bin ganz beruhigt, da wird es schon Omas von Dior und Balmain geben ...«
Es ist eine Eigenschaft meiner Frau, daß sie sich die anderen Personen ihres Geschlechts nur als »Omas« vorstellen kann, und wären sie Brigitte Bardot persönlich.
Kurz, Samstagmorgen brausen wir über die Autobahn des Westens, die voll von Aufgeregten ist, die das Wochenende wasweißichwo zubringen werden. (Man fragt sich, wo diese Leute das Geld hernehmen! Wie die sich die ganze Zeit erholen können, da bleibt mir die Luft weg.) Odile hat nur fünf Koffer mitgenommen, was eine Nettigkeit ihrerseits darstellt, da irre ich mich nicht.
Rosette empfängt uns unten an der großen Treppe. Sie hebt unmerklich die Augenbrauen, als sie Odile sieht. Ich habe keine Minute Zeit gehabt, um sie anzurufen.
»Wie nett von Ihnen«, sagt Odile. »Wie ich diesen Ort liebe! Was für ein Glück Sie haben!«
»Ja, unter der Woche, wenn keiner da ist, ist es ziemlich ruhig hier«, antwortet Rosette kalt.
Sie küßt mich herzlich.
»Oh, wie lustig«, sagt Odile mit einem affektierten Lachen. »Sie küssen Jacques, wie man es auf dem Land tut, drei Mal ...«

»Das ist wahr«, sagt Rosette, »ich hätte ihn auf den Mund küssen sollen wie in Paris!«
Zack! Das hat sie verdient! Gott ist mein Zeuge, daß ich meine Frau liebe, aber die kann einen ärgern …
Daraufhin weiß ich nicht, wo ich mich verkriechen soll. Rosette fügt hinzu, damit ich mich wieder fasse: »Herzchen, das war noch bevor Sie Jacques heirateten … Als er jung war …«
Und sie weiß sehr wohl, die Kratzbürste, daß Odile und ich genau im gleichen Alter sind. Außerdem, ich weiß nicht warum, gefällt mir diese Bemerkung überhaupt nicht. Es gibt einen Moment leichter Störung in der Wetterlage. Glücklicherweise springt da ein herkulischer Bursche, blond, mit einem ganz einfachen Sweater (aus Kaschmir) und einem Paar »Slacks« neutraler Farbe (ein kleines Lederding aus dem Hause Dorian Guy), die Treppen herunter, immer vier Stufen auf einmal nehmend.
»Guten Tag, Odile, guten Tag, Jacques.«
Und er küßt meine Frau wie eine frische Semmel, drei Mal.
»Wie auf dem Lande«, sage ich …
Keiner lacht. Das fängt ja gut an.

*

Ich weiß nicht, wer die Feindseligkeiten eröffnet hat, aber das Abendessen ist kaum vorüber, da spüre ich, wie der Ton der Unterhaltung sich verhärtet, möcht ich mal sagen. Wir sind im Salon und plauschen gerade, und Odile sitzt am Fenster in einer Bergère; sie diskutiert mit einer ziemlich entzückenden Person, Nadia M …, deren Zimmer sich zufällig direkt neben meinem befindet … neben unserem, wollte ich sagen. Ganz klar, wenn Rosette nicht gewußt hätte, daß ich verheiratet und sehr ernsthaft bin, wäre dieser Zufall eine ganz liebenswürdige Aufmerksamkeit gewesen.
Ich spitze die Ohren.
»Man muß schon vollkommen zurückgeblieben sein, um dieses Theaterstück zu mögen«, sagt Odile mit diesem kleinen

Unterton, den ich so gut von ihr kenne. Typus Saint-Gobain-Eiscreme, mehrere Zentimeter dick.
»Nun, ich habe sehr viel Gefallen daran gefunden«, sagt Nadia und lacht, »und Georges auch, nicht wahr?«
Georges ist diese Ausgeburt von einem blonden Herkules, der mir freundlicherweise beim Hinaufschaffen der Koffer behilflich war.
»Ja«, sagt Georges, »es hat mir nicht mißfallen ...«
»Daß das einem Mann gefällt«, fährt Odile fort, »wundert mich nicht... Schließlich gibt es Jeanne, die da drin einfach ausgezeichnet ist ... Aber es ist gräßlich für eine Frau, die ein Bewußtsein von ihrem Frau-Sein hat.«
Ich habe nie gewußt, wo Odile ihr Vokabular aufgegabelt hat...
»Es ist wahrscheinlich, daß ich kein Bewußtsein von meinem Frau-Sein habe«, sagt Nadia etwas verstimmt.
»Das«, sagt Odile, »das scheint mir offensichtlich.«
»Was wollen Sie damit sagen?«
»Daß Sie ganz begeistert von dem oberflächlichen Leben sind, das Sie führen.«
»Und Sie, leben Sie vielleicht ein tiefschürfendes Leben? Graben Sie vielleicht nach Öl?«
»Sehr witzig!« sagt Odile spöttisch.
»Also ich finde eine wie Sie«, sagt Nadia, »einfach beschränkt. Höflich ausgedrückt.«
»Tun Sie sich keinen Zwang an«, sagt Odile.
Da sie gute Reflexe hat, gelingt es ihr, die Ohrfeige abzufangen, die Nadia ihr verpaßt, aber Nadia hat nicht an die spitzen Absätze meiner besseren Hälfte gedacht, die ihr einen Knöchel nach ihrer Art zurichten.
Und da stehe ich vor dem schauderhaften Dilemma! Was tue ich jetzt?
Dieses Dilemma hat sich auch für Rosette, André und Monique, Geneviève und Georges, den drei anderen Gästen, gestellt, denn sie sind weg... Außer den Kämpferinnen bleiben

nur der Herkules und ich selbst. Blicke werden getauscht. Es gibt einen furchtbaren Augenblick der Ungewißheit, wo ich innerlich schon meinen Unterkieferknochen unter seiner Faust wie einen Schinken krachen höre. Aber er sieht genauso betreten aus wie ich.
»Kommen Sie, wir schauen uns den Hundezwinger an«, sagt er zu mir.
Wir gehen hinaus, ohne uns umzudrehen. Ich höre gerade noch das grauenvolle Geklirr einer Vase, die auf dem Parkett zerspringt. Falsche Bewegung von einer der beiden ... Das wird sie beruhigen ...

*

Die Zeremonie unseres Zubettgehens war mühselig.
»Du bist vollkommen«, sagt Odile. »Mich mit dieser Megäre allein zu lassen ... Mich nicht mit einem einzigen Wort zu unterstützen!«
»Das wäre nicht galant gewesen«, sage ich.
»Aber flegelhaft zu mir zu sein, das macht dir nichts aus?«
»Ich war nicht flegelhaft. Ich bin weggegangen.«
»All das, weil ich wörtlich deine eigenen Meinungen zitiere.«
»Sprich doch lieber über deine.«
»Du verweigerst die Verantwortung!«
Da explodiere ich.
»Hör zu, Odile, ich bin nicht verantwortlich für das, was du sagst, ein für allemal. Du bist volljährig und geimpft, du weißt, was du tust, das hoffe ich wenigstens, und du wirst dich jedesmal allein durchwurschteln, wenn du dich allein mit einer Frau streitest. Denk an Cathérine!«
»Ah! Das gefällt dir wohl, mich an Cathérine zu erinnern! Noch eine von deinen Mätressen.«
Breiten wir ein Mäntelchen über den Faustkampf, der jetzt folgt. Ich verabscheue das Wort, das sie für meine besten Freundinnen zu benutzen pflegt. Und breiten wir ein nicht

weniger dickes Mäntelchen über die Reaktionen meiner Gastgeber dieses Wochenendes angesichts meines blauen Auges am nächsten Morgen. Mein einziger Trost sind die vier Schrammen auf der Wange des Herkules. Er ist übrigens reizend, und nach dem Mittagessen verziehen wir uns in den Gemüsegarten.

»Nadia?« sage ich und zeige auf seine Wange, während wir uns eine gute alte Bruyère anzünden.

»Ja«, sagt er. »Odile?«

»Ich gestehe es.«

Ich denke an Nadia und seufze.

»Eine, die ich noch nicht mal kenne! Wollen Sie mir mal sagen, warum sie die Manie haben, die Männer in eine Schlägerei an ihrer Stelle zu treiben? Was sollte ich denn tun? Ihre Frau ohrfeigen?«

»Schreckliche Lösung«, sage ich. »Ich hätte Sie fordern müssen. Und dazu langts bei mir nicht.«

»Das Zeitalter der Duelle muß leidvoll gewesen sein«, bemerkt er.

»In so einem Fall«, sage ich, »hätte ich als Beleidigter den Handbohrer gewählt.«

»Wie geht das?«

»Ein Brett auf den Magen, jeder kriegt einen Handbohrer, und beim Pistolenschuß dreht man los.«

»Was für eine Methode!«

»Das ist humaner als zu fechten«, sage ich. »Töten auf Distanz finde ich abstoßend. Und mit dem Handbohrer hört man ziemlich schnell auf zu drehen. Sobald der eingedrungen ist ...«

»Trotzdem versaut das einen Anzug. Passiert Ihnen das oft, solche Geschichten?«

»So oft wie allen, die etwas nervöse Frauen haben.«

»Aber was soll man machen?«

»Das steht nicht im Gesetz. Überhaupt sind Duelle gesetzlich verboten. Sie werden sagen, wenn man das Gesetz befolgen wollte, würde vor den Gefängnissen Schlange gestanden. Übrigens lernt man das Gesetz erst kennen, wenn die Leute es verletzen, und deshalb hüten sich die Richter wohl, alle Kriminellen zu guillotinieren. Sie brauchen einige davon, die frei herumlaufen, damit sie präzise Probleme zu bewältigen haben.«

»Also wirklich«, protestiert der Herkules, »sie rauchen, sie wählen, sie genießen unglaubliche Privilegien, und dann muß man sich noch für sie prügeln!«

»Man müßte sie rekrutieren«, sage ich.

Ich erschaudere, wenn ich an Odile als Adjutant denke. Die armen Rekrutinnen …

»In gemischten Abteilungen, oder in weiblichen?«

»Schluß mit dem Abschlachten!« sage ich. »Trennung, bitte sehr. Keine Vermischung … Frauen unter sich!«

Er nimmt das anfängliche Problem wieder auf.

»Aber haben *Sie* sich denn schon dazu bringen lassen, sich in einem vergleichbaren Fall zu schlagen?«

»Ich war sehr jung«, sage ich entschuldigend.

Es war schrecklich. Ich sehe die Szene noch vor mir. Natürlich in einem Salon. Es ist immer in einem Salon. Zur Entlastung Odiles kann man allerdings zugestehen, daß sie diesmal das Opfer war. Ihre Partnerin war eine Person, älter als sie, die einen ziemlich erstaunlichen Hut trug. Von Anfang an legte sie beängstigende Zeichen an den Tag. Odile war zu diesem Cocktail eher schlicht gekleidet, und die Dame hatte bemerkt, daß die jungen modernen Frauen Unrecht daran täten, keinen Hut aufzusetzen, daß das nach Negligé aussehe.

»Ich brauche keinen Schatten für meine Falten«, hatte Odile geantwortet.

»Volltreffer«, konnte ich mich nicht zurückhalten zu sagen.

»Wie meinen Sie das genau, junger Mann?« fragt mich da ein Sanguiniker mittleren Alters, eingezwängt in ein lächerliches Prince-of-Wales-Jackett.

»Reiner Sportsgeist!« sage ich sehr entspannt.
Gut... Ruhe kehrt ein, aber nicht lange. Die Dame fängt an, von ihren Bettgeschichten zu reden. Kleine nachlässige Anmerkung von Odile:
»Und da wird immer versichert, daß wir Frauen keine Fantasie hätten...«
Das geht noch durch. Aber die Dame überhäuft weiter hartnäckig die Versammlung mit albernen Bemerkungen, und Odile weist schließlich darauf hin:
»Diese Frauengeschichten können vielleicht öde sein... Ich mag die Männer aber viel lieber...«
»Das zu merken, fällt denen ganz sicher nicht schwer«, sagt die Dame, »Sie verbergen nichts, soviel steht fest...«
Ich werde doch nicht, nur weil Odile ein hübsches Dekolleté hat, die alte Schachtel an ihr rumnörgeln lassen.
»Was hübsch ist, hat noch nie jemandem geschadet«, sage ich.
»Fehlt bloß noch das Preisschild«, sagt die Dame.
Sehr gesetzt frage ich: »Gnädige Frau, soll ich daraus schließen, Sie halten meine Frau für eine...«
Ja... Ich sage das exakte Wort. Schließlich habe ich es ja nicht erfunden.
»Ganz genau«, sagt die Dame keineswegs zurechtgestutzt.
Ich habe meinen Geniestreich und gebe zurück: »Das ist nicht jeder, der's sein will...«
»Das ist wahr«, sagt Odile, »wenn die Ware verdorben ist, kann man sie unter die Käseglocke stellen, soviel man will, davon sieht es auch nicht besser aus...«
Und boshaft kitzelt sie den Deckel der Dame.
Kurz, ihr Mann war Aktionär der Firma, wo ich arbeite, das kostet mich meine Stellung. Da konnte ich nicht anders handeln. Aber warum haben die Frauen nur die Angewohnheit, sich in der Öffentlichkeit solche Kaliber an den Kopf zu werfen?
In Wahrheit sollte man zwei Kategorien von Streitigkeiten einführen: die einen für Männer, die anderen für Frauen. Sie

könnten das in speziell ausgerüsteten Salons regeln, mit Judomatten, wertlosen Vasen, sterilisierten Hutnadeln und Ersatzdutts.
Die Männer streiten sich nämlich praktisch nie. Oder sie führen Krieg. Das ist letztlich gefährlicher, aber während der Zeit ist man wenigstens von diversen häuslichen Sorgen befreit. Ohne bis zu dieser äußersten Lösung gehen zu wollen, ein Rat: wenn Ihre Frau nervös ist, seien Sie auf der Hut. Sagen Sie Ihrem alten Kumpel Henri, er soll sie mal ausführen, zum Beispiel…

Der Kommissar und die Grüne Pantherin

Es gab in der Stadt ein großes Café, das man »Café de la Paix« nannte, wo jeden Abend der berühmte Schauspieler Gabalon seine Freunde und seine Geliebte ausführte, mit dem Geld, das er einer alten, sehr reichen Dame aus der Tasche zog, die hoffnungslos in ihn verliebt war.

Gabalon gab damit an, niemals mit weniger als 500.000 Francs in der Tasche (und einem Revolver) auszugehen, und das war die Wahrheit. Er war ziemlich häßlich, und man konnte nicht verstehen, wie er es fertiggebracht hatte, einen solchen Einfluß auf die alte Dame und auf die Leute zu haben.

Seine Geliebte, die man die Grüne Pantherin nannte, machte sich über Gabalon keine Illusionen, er war ein großer Liebhaber jeglichen Genusses, und sie blieb des Geldes wegen bei ihm.

Ins »Café de la Paix« kam er oft mit dem Polizeikommissar, ein armer und schmächtig aussehender Mann, der mit einer kränklichen Frau geschlagen war. Der Polizeikommissar war sehr in die Grüne Pantherin verliebt, und ihm war es mit Hilfe unablässiger Intrigen gelungen, sich im Freundeskreis von Gabalon vorstellen zu lassen, aber er wagte es trotzdem nicht, sich ihnen jeden Abend anzuschließen.

Natürlich stürzte sich der Polizeikommissar von dem Tage an, da er ihr vorgestellt worden war, in zusätzliche Ausgaben und leistete sich kostspielige Anzüge. Er ging nun zu Pfandleihern, um seine alten Sachen zu verkaufen und Geld zu leihen, aber es sprangen dabei nur lächerlich kleine Summen heraus. Da kam ihm die Idee, Leute zu überfallen, um ihnen ihr Geld abzunehmen. Er sorgte dafür, daß die Polizisten ans andere Ende der Stadt geschickt wurden, und operierte in aller Seelenruhe.

Da er niemals tötete, wurde er ein berühmter Verbrecher in der Stadt. Niemals hinterließ er Indizien.

Eines Tages, als es ihm gelungen war, von der Grünen Pantherin die Gunst zu erlangen, sie auf einem Spaziergang zu begleiten, kamen sie in einen Teil der Stadt, den sie nicht kannten.

Dort wohnte ein alter Schreiner. Vor zwanzig Jahren war der Schreiner jung und aktiv gewesen; er hatte eine kleine Tochter, die er anbetete, und zwanzig Jahre lang hatte er für ihre Mitgift gespart und in seinen freien Stunden an einer wunderbaren hölzernen Kutsche geschnitzt, die er für ihre Hochzeit aufbewahrte. Aber seine Tochter war an ihrem zwanzigsten Geburtstag an Entkräftung gestorben, nach einer langen Krankheit, die die Ersparnisse des alten Schreiners aufgezehrt hatte. Aus Geldmangel mußte er sie in einem kläglichen Grab beerdigen lassen, und er hatte sich dreingeschickt, daß er die Kutsche zum Verkauf anbieten mußte. Doch er wollte 500.000 Francs dafür, und das war ganz schön viel Geld.

Als die Grüne Pantherin die Kutsche sah, wurde sie beinahe verrückt vor Freude bei dem Gedanken, daß es etwas so Schönes gab, und sagte, sie wolle Gabalon bitten, sie ihr zu schenken. Der Kommissar, mit Wut im Bauch, hörte schon im voraus, wie sie sich freute.

Er nahm den alten Schreiner beiseite und sagte ihm, daß er die 500.000 Francs noch am gleichen Abend hätte und die Kutsche kaufen würde. Er wollte sie der Grünen Pantherin schenken.

Am Abend überfiel der Kommissar Gabalon, tötete ihn und nahm ihm die 500.000 Francs weg. Diesmal ließ er drei Indizien in Gabalons Hand gleiten: Stoffetzen und Knöpfe, die er von den Mänteln dreier verschiedener Männer abgerissen hatte, denen er am Nachmittag begegnet war. In Gabalons Brieftasche legte er ein kleines Foto von einem schlecht rasierten Mann. Dann kaufte er die Kutsche und schenkte sie der Grünen Pantherin.

Die Polizisten hatten die drei Männer schnell gefunden,

denen die Knöpfe abgerissen worden waren, und sie schleppten sie aufs Kommissariat. Man schor sie, und der Kommissar spürte kalten Schweiß im Rücken, denn die drei sahen einander ähnlich wie Brüder.
Unter Folter und ständigen Schlägen der Polizisten gestanden die drei Männer.
Der eine bewohnte ein großes Schloß, dessen Räume so immens groß waren, daß die Dienstboten allesamt ehemalige Läufer waren und an einer Herzkrankheit starben, nachdem sie die ganze Zeit durch die Räume gelaufen waren.
Der andere hatte in obskuren Gewächshäusern schwarze Orchideen mit silbernen Blättern und einem kleinen blutenden Auge, dessen Blick einen durch und durch musterte.
Der dritte lebte in der Vorstadt, in einem schäbigen Garten, der durch ein Gitter abgezäunt war; es gab einen Hühnerstall und Kinder, deren Backen mit roter Marmelade verschmiert waren und die Konservendosen in den schäbigen Garten warfen.
Als die drei Männer gestanden hatten, atmete der Kommissar auf. Das Verfahren kam schnell voran, und bald schlug man ihnen den Kopf ab.
Der Kommissar konnte jedoch den Unterhalt der Grünen Pantherin nicht bestreiten und verschuldete sich immer tiefer. Die schöne vergoldete Kutsche war nur ein Spielzeug unter vielen anderen, und jedesmal, wenn er sie daran erinnerte, wurde sie wütend und lachte ihm ins Gesicht.
Sie verließ ihn bald darauf, um mit einem reichen Geschäftsmann zusammenzuleben, der Unternehmer war und Grabmäler baute; er hatte soeben 500.000 Francs für ein häßliches Pappgrab verdient – das er dem alten Schreiner angedreht hatte.
Der Kommissar war jetzt ganz allein, und seine Frau sah immer mehr wie eine Tote aus. Es kam ein Abend, an dem ihn die Reue derart in der Zange hatte, daß er beichten ging.

Als der Priester die Aufzählung von so vielen furchtbaren Verbrechen hörte, schleuderte er ihm empört den Bannfluch entgegen und jagte ihn aus der Kirche, wo dumpfes Donnergrollen den Zorn des Herrn bekundete. Das Unwetter begann zu toben. Der Kommissar erreichte sein Büro. Es war tiefschwarze Nacht geworden. Und große purpurne Schmetterlinge kamen und flogen gegen sein Fenster. Es waren drei.

Bei einem heftigeren Windstoß zersplitterte die Scheibe. Der Wind legte sich augenblicklich, und die Schmetterlinge aus rotem Samt begannen, um seinen Kopf zu fliegen.

Es war eine furchtbare Jagd. Einen nach dem andern trieb der Kommissar sie in eine Ecke und fiel über sie her. Als er die drei Kadaver vor sich liegen sah, erkannte er voller Schrekken, daß die Blutflecken das Foto der drei Männer abzeichneten, die er von seinen Polizisten hatte ermorden lassen.

In seinem Papierkorb fand er den blutenden Kopf Gabalons, der grölte.

Der Kommissar floh in die Nacht hinaus und schlich sich zur Pantherin. Der entfesselte Wind legte von neuem los, und er hatte Angst. Die Schmetterlinge verfolgten ihn.

Die Pantherin gab einen Ball, und man ließ ihn durch die Diener hinauswerfen.

Er irrte zu den Pferdeställen und fand die Kutsche demoliert im Regen. Er spannte ein wildes Pferd ein und fuhr im Galopp auf der Straße dahin.

Es blitzte. Der Kommissar lag mit schwarzem Gesicht am Straßenrand, und das Pferd sprengte davon.

Sprengt die Bank!

Eine stille Provinzstadt in einer reichen bäuerlichen Gegend, vollgestopft mit dicken Grundbesitzern, die über eine Menge Waschzuber voller Zehntausenderscheine verfügen.

Mitten in der Stadt, eine schöne, ganz neue Bank, die Banque Agricole du Centre.

Jedes Vierteljahr gibt es an einem Freitag auf dem Marktplatz einen riesigen Viehmarkt.

Jedes Vierteljahr ist die Bank am voraufgehenden Donnerstag bis zum Kragenknopf voll mit Bargeld, das für die Transaktionen des folgenden Tages da ist.

Zwei Vorbestrafte, René und Jules, mit Aufenthaltsverbot in Paris, ziehen sich aufs Land zurück, es geht darum, sich von ein paar Aufenthalten an garstigen Orten, die mit Gittern und Wächtern geziert sind, wieder aufzupäppeln.

Sie angeln gerne und üben es als friedliche Bürger aus, aber das Weiße dieser ganz neuen Bank weckt den Sinn für Architektur, der in ihnen schlummert, und sie haben ihr Hauptquartier im »Café-tabac de la Banque« aufgeschlagen, wo sie nach dem Angeln hingehen, um ein paar friedliche Kirs zu nuckeln.

Sie knüpfen eine freundschaftliche Beziehung zum Bankkassierer Monsieur Léon an, eine anscheinend dumme und integre Persönlichkeit, mit der sie sich nett unterhalten.

Sie nehmen sich vor, die Bank an einem Donnerstagabend zu plündern, und mieten zu Organisationszwecken ein kleines Haus in einem 50 km entfernten Dorf, was die Verdachtsmomente entkräften wird.

René und Jules bereiten, unterstützt von zwei oder drei Jüngern, minutiös ihren Coup vor, wobei sie sich auf die Informationen verlassen, die ihnen unbewußt von Monsieur Léon geliefert worden sind, der für Kir schwärmt. Der Coup soll

ausgeführt werden, indem man in den Keller der Bank durch die Kanalisation eindringt, alle als Kanalarbeiter verkleidet. Währenddessen sind zwei distinguierte Persönlichkeiten, Max und Jim, ebenfalls in der Stadt.
Sie reizt eher die Jagd. Und ihr bevorzugter Aufenthaltsort ist die kleine amerikanische Bar genau gegenüber vom Café, das René und Jules frequentieren.
Sie haben ebenfalls hervorragende Verbindungen zu Monsieur Léon; sie sind eingetragene Kunden der BAC und laden den Kassierer auf einige Whiskys ein, was er enorm zu schätzen weiß.
Unnötig hinzuzufügen, daß auch sie die Bank im Visier haben, und wie durch Zufall – ein vorhersehbarer Zufall, da die Recherchen über den Markt in beiden Fällen sehr ernsthaft betrieben wurden – planen sie, die Bank am selben Tag und zur selben Stunde anzugreifen wie René und Jules.
Aber aufgrund der Monsieur Léon entwundenen Auskünfte werden sie über das Dachgeschoß hineinkommen, als Dachdecker verkleidet.
Die beiden Banden wissen nichts voneinander; aber das Versteck von Max und Jim ist nur fünf Minuten von dem Renés und Jules' entfernt. Sehr verschieden: Stil Jagdschlößchen, während das andere eher als Pavillon in Argenteuil durchginge.
René und Jules bereiten den klassischen Coup vor, Stil Panzerknacker: Schneidbrenner und Bohrmaschine, und Flucht im Peugeot-Lieferwagen vom Schwarzmarkt. Max und Jim werden mit Plastikbombe arbeiten und sich im Aston Martin entfernen. Mit Handschuhen.
Die Vorbereitungen laufen weiter. Man erkundigt sich nach den Gewohnheiten aller; und die Naivität des weitschweifigen Monsieur Léon hat die Vorsehung gesandt.
Der Tag T ist gekommen. Mit einigen Sekunden Abstand starten die beiden Banden, um sich zur schlummernden Bank zu begeben.

Es ist Nacht.
René und Jules gelangen durch die Kanalisation zur Kellertür, die unter den Liebkosungen der Schneidbrenner, von Experten bedient, nachgibt.
Max und Jim als Dachdecker, Doktoren in Einbruchswissenschaften, bewegen sich auf den Tresorraum zu, die Treppen hinunterspringend.
Und die zwei Banden treffen sich mitten in der Nacht, die Dachdecker halten die Kanalarbeiter für echte Kanalarbeiter, die Kanalarbeiter halten die Dachdecker für echte Dachdekker.
Bis zu dem Augenblick, wo gewisse Werkzeuge den Rivalen die Augen öffnen.
Der Kampf um den Zaster im Inneren der Bank beginnt … ohne einen Laut!
Eine epische Schlägerei.
Und die beiden einzigen unversehrten Männer, die übrigbleiben, René und Jim, merken, als sie zum Tresor gelangen und ihn öffnen:
1. daß er leer ist,
2. daß das ganze Loch nur so von Bullen wimmelt.
Denn der liebenswerte Monsieur Léon hat sich das ganze Geld auf eigene Rechnung unter den Nagel gerissen, und obwohl die armen Ganoven leugnen, beschuldigt man sie, nicht ohne eine Menge Fausthiebe, das Geld schon geraubt und versteckt zu haben.
Während Monsieur Léon an der Côte d'Azur mit einer bezaubernden Blondine an seiner Seite in einem dicken Cadillac die Grenze nach Monte Carlo überquert …
Um die Bank zu sprengen! …

Eine Wohnung in einem Fingerhut

Aber ja, da haben Sie genug Platz!

Ich habe Maurice im Autobus getroffen. Er sah brummig aus.
»Und deine Wohnung?« habe ich ihn gefragt.
Denn ich kannte die Gründe für seine schlechte Laune. Grämlich hat er mich angeschaut.
»Das war die größte Dummheit meines Lebens«, hat er gesagt.
»Ich wäre besser bei meiner Mutter geblieben.«
»Aber du konntest doch Jacqueline nicht bei deiner Mutter einziehen lassen! Eine Schwiegermutter und eine Schwiegertochter, die sollte man doch lieber voneinander trennen …«
»Ach ja?« hat Maurice geantwortet. »Nun, seit meine Möbel angekommen sind, habe ich nicht mal mehr genug Platz, um mich anzuziehen. Du wirst mir doch nicht erzählen wollen, daß du das etwa schaffst?«
Maurice und ich, wir haben nämlich annähernd die gleiche Wohnung gefunden: ein Zimmer, eine Dusch-Küche und einen Eingang von etwa einem Meter auf fünfzig Zentimeter.
»Ich?« sagte ich begeistert. »Das ist doch wundervoll! Odile und ich haben zuviel Platz!«
Wir haben uns nicht voneinander verabschiedet. Er muß böse sein. Oh, ich warte schon drauf, daß er eines Tages angelaufen kommt! Er wird seine Wut vergessen, und die Neugier wird ihn früher oder später hierhertreiben, um zu sehen, ob ich gelogen habe. Ich erwarte ihn standhaft. Ich habe wirklich mehr Platz, als ich brauche.
Sicher, das ist nicht von alleine gekommen. Zunächst habe ich die stupide Routine besiegen müssen, die die gewöhnliche Einrichtung von »möblierten Studios« bestimmt. Sie

wissen, wovon ich spreche: das Bett (1,95×1,40) in einer Ecke. Nahe am Fenster ein Wandschrank mit Kleiderablage (2 m hoch, 1,10 breit, 0,65 tief). Und genau in der Mitte des Zimmers, so daß man sich nicht mehr rühren kann, ein Tisch (0,90×0,75), sowie eine wundersame Truhe zentral vor der letzten noch frei bleibenden Wand plaziert (1,20 hoch und 1,10×0,50). Einige Stühle, ein kleiner runder Tisch (0,60 m Durchmesser). Kurz, sobald alle erstmal sitzen, und unter der Bedingung, daß keiner zu heftig atmet, hat man Raum ... Aber drüber! Und man muß sich davor hüten, sich etwa zu bewegen, wenn man sich Hämatome ersparen will.

Ich habe das Glück gehabt, eine relativ geräumige Küche von 2,50×2 Metern zu bekommen. Ich hätte es wohlgemerkt aber auch ohne Küche geschafft... Ich habe sogar schon vollständige Pläne für die Einrichtung eines Raumes von 3×3×3 Metern ausgearbeitet, und dabei habe ich festgestellt, daß mir noch ein Würfel mit Luft übrigblieb, unglaublich! Aber greifen wir nicht vor. Ich wollte mehr Platz ; es gibt kein Beispiel dafür, daß man mit ein wenig Willenskraft nicht mit den unlösbarsten Problemen fertig würde. Ich habe Le Corbusier in klein gespielt; und ich habe gewonnen... Allerdings hat sich die Regierung auch nicht eingemischt.

Als erstes, der Schrank. Nichts erdrückt einen mehr als ein hoher, düsterer Schrank in einem hellen und wahrlich nicht so großen Studio, denn es ist jetzt an der Zeit mitzuteilen, daß es annähernd 4,50 mal 3,10 Meter mißt. Der Schrank war aus amerikanischer Pechkiefer – das ist nicht besonders erfreulich anzuschauen – ein eckiges, enormes Ding mit hervorstechendem Giebel.

Keine Sekunde gezögert. Pechkiefer oder nicht, ein Pinselstrich mit weißer Farbe drüber und hopp! ab in die Küche mit dem Monster. Jetzt steht er mit dem Rücken zur hinteren Wand, symmetrisch zur Spülbecken-Boiler-Einheit im Verhältnis zum elektrischen Herd, unter dem der Abfalleimer einen bequemen Unterschlupf gefunden hat. Solchermaßen camoufliert, von der gleichen Farbe wie die Wände, geht er in dem allgemeinen Weiß auf, und man fühlt sich nicht mehr wie Däumling vor der Chinesischen Mauer. Denen, die mir entgegengehalten werden, daß die Bratgerüche in die Kleider ziehen könnten, werde ich antworten, primo, daß mein Schrank zur rechten Zeit geschlossen ist, da man sich nicht anzieht, während man kocht. Secundo, daß ich sowieso kein großer Vorkämpfer von Gebratenem bin, da es so schwer im Magen liegt, und tertio, daß man heutzutage schließlich Chlorophyll-Deodorants verkauft.

Da wir schon in meiner Küche sind, werde ich Ihnen von einer kleinen, einfachen und überaus praktischen Einrichtung erzählen. Stellen Sie sich die hintere Wand vor. Links Boiler und Spüle. In der Mitte der Elektroherd (nein, ich bin kein Kapitalist; der kostet 270 Francs im Monat, vom Elektrizitätswerk gemietet). Rechts der Schrank (auf dem ich oben übrigens einige leere Koffer verstauen konnte). Es bleibt also wenig Platz, um das Geschirr abtropfen zu lassen, denn die linke Wand ist ihrerseits von einem Fenster durchbohrt, das fast bis zur Spüle reicht. So habe ich, gerade über dem Herd, ein großes Brett angebracht, das sich gegen die Wand klappen läßt und sich über den Herdplatten öffnet. Ergänzende Raffinesse: es ist so angebracht, daß es in Arbeitsstellung eine leichte Schräge auf die Spüle zu aufweist und so dem Wasser erlaubt, in sie abzulaufen. Eine gute Ripolin-Lackierung schützt das vulgäre weiße Holz, aus dem es besteht, und ein Sperrklotz hält es hochgeklappt, während man den Herd benutzt. Natürlich nehmen Hängeschränke über der Spüle alle möglichen Waren und alte, leere Einmachgläser auf.

In einer anderen Ecke meiner Küche befindet sich eine Dusche. Demnächst werde ich den Raum, der darüber zur Verfügung steht, verwerten: ich werde dort ein kleines Wäschetrockengestell anbringen (wobei ich darauf achte, die Wäsche während des Duschens beiseite zu räumen) oder ein zusätzliches Abstellfach, dessen Rückseite von einer Plastikfolie geschützt ist, für die hunderttausend Dinge, von denen man nie weiß, wohin damit, und die wegzuwerfen einem ein alter Instinkt des Aufhebens verbietet.

Über dem Tisch werde ich beispielsweise ein mit Glaswolle gepolstertes Bügelbrett einbauen. Es wird sich genau wie das Abtropfbrett gegen die Wand hochklappen lassen. Unter dem Fenster ist, obwohl es niedrig ist, Platz für einen Kasten, der Gemüseregale aus verzinktem Draht, Schuhputzzeug oder die Schuhe selbst beinhalten wird. Außerdem (im unwahrscheinlichen Fall einer bedeutenden Erbschaft) hätte darin einer dieser kleinen 35-Liter-Kühlschränke Platz, die für Paris völlig ausreichend sind. Nun, wohin ich den Blick wende, entdecke ich freie Flächen, Leerräume, die darauf warten, gefüllt zu werden, jungfräuliches Land, das ich früher oder später kolonisieren werde. Und der Raum in der Mitte bleibt frei.

Doch kommen wir zum Studio zurück. Darauf habe ich nämlich die hauptsächlichen Ressourcen meines unbestreitbaren Organisationsgenies einwirken lassen. Als ich die verfügbare Gesamtfläche und die von Möbeln besetzte gegeneinander abwog, war ich schnell zu dem Ergebnis gekommen, daß ich dazu gezwungen sein würde, auf eine Ausruhecke Typus »Salon« zu verzichten, es sei denn, ich führte gewisse Neuerungen ein. Sobald das Bett, der Tisch und der Rest untergebracht wäre (ich vergaß, eine furchterregende Stehlampe zu erwähnen, deren bemalter Schirm eine Karavelle darstellt, die dem Untergang geweiht ist, sollte man sie jemals bauen, und die, das spüre ich, eines Tages einem Unfall zum Opfer fallen wird), wenn also erstmal alles seinen Platz hätte, wäre es unmöglich, das Zimmer mit großen Schritten zu durchmessen, wenn ich in den Klauen der Inspirationsqualen bin. Darüber hinaus wird in meinem Fall das Problem zusätzlich kompliziert durch das Vorhandensein eines Schreibtisches, des einzigen Möbelstückes, das ich mir im

Laufe meines Hundelebens habe leisten können, ein Monument aus Metall, dessen Platte mit Pegamoid bezogen ist und das auf zwei Schubladen-Aktenschränken ruht, deren Anordnung die genialste der Welt ist. Einziger Nachteil: dieser Schreibtisch mißt 1,95 mal 0,85 Meter. Ich füge hinzu (also wirklich, ich vergesse alles) die beiden »Club«-Sessel – und man weiß ja, wieviel Platz die einnehmen – plus eine beachtliche Menge Bücher, Schallplatten und einen Plattenspieler, auch ein Möbelstück mit rechtschaffenem Raumbedarf.
Soll mich keiner schreiend der Lüge bezichtigen. Ich schwöre, daß all das bei mir untergebracht ist, und daß ich mit großen Schritten usw. usw. Und zwar so. (Ich führe eine der möglichen Lösungen aus; es gab noch eine andere, »kompaktere«. Doch man soll ja auch nicht den Eindruck eines leeren Raums haben, das verschreckt.)
Mehr oder weniger überall trifft man auf Schrankbetten; Sofabetten; Schubladenbetten; Klappbetten, Stuhlbetten, Gitarrenbetten, Was-weiß-ich-Betten ... Ich gebe auf all diese Systeme absolut nichts. Ein Abtropfbrett an die Wand zu klappen, braucht wenig Anstrengung. Ein Bett hochzuklappen, selbst das ausbalancierteste der Welt, das ist mühselig. Außerdem, ich mag es nicht, wenn man ein Objekt zusammenklappt, um ein anderes an seine Stelle zu setzen. Mit der gleichen Denkhaltung finde ich es bedauernswert, daß Leute, die in Charenton leben, in Levallois zur Arbeit gehen; das ist verlorene Zeit. Entrüstung über die verlorene Zeit! Ein Bett muß offen bleiben; schließlich kann man doch jederzeit Lust haben, sich darauf auszustrecken, sei es auch nur, um die Zeitung zu lesen.
Nun, mit einem Schlage entdeckte ich die Lösung, die es mir gestatten würde:
1. Mein Bett in einer ursprünglichen Form zu behalten.
2. Bücher, Schallplatten, Plattenspieler und einen der Clubsessel zu verstauen.

3. Mein Bett vor den Blicken eventueller Besucher abzuschirmen. (Ich gestehe, daß ich es nicht jeden Tag mache. Ich liebe es, in einem schön ungemachten Bett zu schlafen ... Man kann seine Füße rausstrecken, in kalte Ecken.)
4. Bewundernde Bemerkungen vom Typ »Oh, das ist genial!« oder »Sie sind aber außergewöhnlich!« herauszufordern.
5. Alles in allem, einen zusätzlichen Raum in meinem Studio zu schaffen.
Das ist nicht kompliziert. Für 10.000 Francs Holz und Schrauben, für 2500 Francs eine Leiter - die Kosten. Die »Querversteifung« des Betts wird von einem hübschen kleinen Balkengitter gesichert, wie die Ingenieure es nennen, es besteht aus Leisten von 3×2 cm im Querschnitt, die folgendermaßen angeordnet sind: die vier starken Elemente sind die vier Eckpfeiler, die in U-Form aufgebaut sind und in denen man Unmengen von Büchern unterbringen kann. Die Höhe des Gerüsts ist, unter der »Decke«, 1,65 m. Zugegeben, nicht genug, um aufrecht stehen zu können! Aber das ist ja eben die Ausruhecke, und da kommen der Plattenspieler, die Schallplatten und einer der Clubsessel hin. Das hätte man doch ein bißchen höher machen können ... Dann wäre aber der Raum zwischen dem Bett und der Zimmerdecke etwas niedrig gewesen. So wie es jetzt ist, kann man sich bequem im Bett aufsetzen, ohne sich den Kopf an der Decke zu stoßen. Übrigens steht man nicht auf einem Bett, und der Ausdruck »im Stehen schlafen« ist rein bildlich gemeint.
Wenn man im Bett liegt, kann jedermann eintreten; man wird nicht gesehen. Und der Platz ist bemerkenswert. Ich habe noch nicht alle Möglichkeiten des Systems ausgeschöpft. Denken Sie nur, ich hätte das Ganze über dem Schreibtisch einbauen können, also etwas näher am Boden (denn man sitzt ja an einem Schreibtisch), also noch billiger. Da wird mir ganz schwindlig. Und all das unbeschadet dessen, was ich noch über den Schreibtisch bauen werde.
Der tägliche Aufstieg über die Leiter hält Sie angenehm in

Form. Der Blickwinkel von da oben ist sehr angenehm. Man kann auch die Decke berühren, was eine intime Note gibt. Der Schreibtisch unter dem Bett würde auch äußerst zufriedenstellend das Problem der Person lösen, die arbeitet, während sein(e) Partner(in), vor dem Licht geschützt, schläft. Dies ist also das Meisterstück. Der Rest sind Lappalien. Zu dieser Grundlage können sich tausend Dinge hinzugesellen: kleine, an den Eckpfeilern angebrachte Kaktustöpfchen, Hängekorb für die oft gespielten Platten, Kleiderablage, einen Anbau ganz hinten usw. usw.

Man wird mir einen Nachteil entgegenhalten: es ist nicht sehr bequem, wenn man das Bett machen will. Das trifft für Sie sicher zu; nicht mehr für mich. Haben Sie schon einmal darüber nachgedacht, daß man seit Jahrhunderten nie versucht hat, dieses System zu verbessern, das darauf beruht, am Abend das durcheinanderzubringen, was man am nächsten Morgen wieder in Ordnung bringen wird? Ich habe den Vorgang des DAUER-Betts perfektioniert, mit einem knitterfreien Oberlaken und einem beweglichen Unterlaken. Sein Bett nur alle zehn, zwölf Tage machen zu müssen, wenn man die Laken wechselt, das stellt doch wohl einen Fortschritt dar, oder?

Odile hat neulich zu mir gesagt: »Liebling, ich hoffe, du wirst mir nicht böse sein, aber ich ...«

»Was denn, mein Engel?«

»Ich glaube, daß ... nun ... Ach, Liebling, schwörst du mir, daß du dich nicht ärgern wirst?«

Mein Auge leuchtete mit dem grünen Blitz des Verstehens auf, und ich habe meine zarte Odile in die Arme geschlossen. »Mein Schatz«, habe ich zu ihr gesagt, »ich hoffe, es werden Zwillinge ... Schließlich, warum soll man sich zurückhalten, wenn so viel Platz da ist? ...«

Und ich habe einige Ausbauten vor, ich sage Ihnen nur das! ... Mein Gehirn brodelt nur so. Die mit ihren Hausrats-Ausstellungen, daß ich nicht lache!

Brief an den Provéditeur-Editeur über einige moralische Fragen

Paris, den 20. des Monats AS 83 E.P.
am Festtag des heiligen Olibrius, Augur.

Monsieur,

Ich habe seit Wochen versucht, für die Nummer, die Sie stürmisch vorbereiten, einen brauchbaren Beitrag zu liefern, doch die eisige Trockenheit (falls man darauf hinzuweisen wagt, daß es sich um Trockeneis handelt) meines Geistes kommt nur der unförmigen Starrheit meiner Gehirnmäander gleich, und Sie werden verstehen, daß der Nervenwirbel, der die gewöhnliche Kraft meiner Vernunft ausmacht, sich ein wenig außerstande sieht, den großen gradwinkligen und trostlosen Wegen zu folgen; daher habe ich nur einige intellektuelle Kothäuflein jämmerlichster Art zur Welt bringen können, die dazu auch noch von schraubengestreifter Form sind, was überraschen mag. Ich war auf dem Wege zu fruchtbringenden Entdeckungen, Gott und sein Kalkül betreffend, doch eine Grundgleichung fehlt mir noch; dennoch habe ich eines Morgens ganz plötzlich ein schmales Gäßchen angesteuert, das mir einige nutzbringende Entwicklungen zu verbergen scheint. Ich würde zu der Auffassung neigen, daß es sich um Moral handelt und werde Ihnen, so wie sie kommen, meine ersten Anmerkungen dazu unterbreiten. Es kann durchaus sein, daß bedeutende Pataphysiker, weniger als ich von der (ich muß gestehen, mich lähmenden) Winterpripose betroffen, hier einen Ausgangspunkt für einige geschmackvolle wissenschaftliche Übungen finden werden.
Wieder einmal ist es die Weisheit der Nationen, deren Dienste ich in Anspruch genommen habe. Dieses uner-

schöpfliche Reservoir pataphysischen Materials ist ein Eßnapf, in dem ich mit immer neuer Freude herumpantsche, und meine (bescheidene) Entdeckung des heutigen Tages wurde mir vielleicht durch den Anblick der Hauskatze eingegeben (ein hodenloser, aber ansonsten sehr sympathischer Kastrat), die mich wieder auf die Spur eines alten, in Vergessenheit geratenen, bis auf die Seele abgenutzten Sprichworts brachte, das keine weiteren Dienste mehr zu leisten schien (ob es mir einen Dienst erwiesen hat, darüber läßt sich streiten, doch ich halte mich mit Paranthesen auf und lasse Sie derweil schmachten, ich bitte Sie um Verzeihung, Monsieur).
Böse Katze, böse Ratze
mag zwar als von beschränkter Neuheit erscheinen, eignet sich aber, wie Sie sehen werden, zu phantastischen Veränderungen. Zunächst einmal komme ich auf den jarryschen Begriff des Ratzerisch zurück und mache daraus analog den Katzerisch. *Böser Katzerisch, böser Ratzerisch,* sage ich mir (und darauf *Gutes Katzerinchen, gutes Ratzerinchen,* doch wir wollen uns hier auf Substantiv-Veränderungen beschränken). Dann wurde Licht (so um die fünfzehn Watt, denn ich bin nicht reich), und ich sagte mir, daß das »atze« ohne Nachteil von den beiden auf diese Weise gleichen oder ähnlichen Wörtern weggestrichen werden könne (ich habe den Eindruck, daß ich irgendwo darauf hingewiesen und das heißt nachgewiesen habe, daß die Buchstabenkombinationen der Wörter additiv sind; man läßt die Pluszeichen weg, um ein Schriftbild zu vereinfachen, dem es ohne das allerdings nicht an Größe fehlen würde, aber, Monsieur, so hindern Sie mich doch daran, unaufhörlich vom Thema abzuschweifen, Schreiße, verdammt!).
So ist mathematisch die Gleichung
Böse Katze, böse Ratze
völlig korrekt; und meine fünfzehn Watt waren bald auf fünfundzwanzig, als ich es mir zur Pflicht machte, den beiden Termini gleiche und positive, imaginäre oder reale Mengen

hinzuzufügen. Nun, sehen Sie sich meine Entdeckung an: sie ist eine quasi-unendlich Quelle für neue Sprichwörter, und trotz meiner Bescheidenheit komme ich nicht umhin zu denken, daß die Moral hier auf ihre Kosten kommen wird. Ich werfe Ihnen einige Beispiele in die Visage.

Böser Hund, böser Schwund

Eine merkwürdige Gleichheit, um nicht zu sagen Kongruenz, durch die der *Hund* dem *Verschwinden* anheimgegeben ist wie die *Katze* der *Ratze*. Darf man daraus folgern, daß nur böse Hunde vom Verschwinden bedroht sind? Mir scheint, daß das eine für meinen Geschmack etwas zu chinesische Weisheit ist; ich will mich nicht weiter darauf einlassen, die Folgen von diesem Gesichtspunkt aus zu ergründen.

Böser Katzenjammer, böser Ratzenhammer

Das versteht sich von selbst und hätte der Gräphin de Segur gewiß nicht mißfallen; darf man die Geschichte nun aber auf den Kopf stellen und sagen: Böser Ratzenhammer, böser Schmied, das ist ein Rätsel, das zu lösen mir die Kräfte fehlen (auch im Original eine haarige Sache).

Böser Katalane, böser Rätoromane gibt selbstverständlich nur dieses folkloristische Faktum wider, daß der Katalane böse wird, wenn er nicht tanzt, und der Rätoromane auch.

Wie die Kasse, so die Rasse

scheint unverständlicher, da es das Monetäre mit dem Biologischen verknüpft. Haariger sieht es mit der folgenden Version aus.

Wie der Kassierer, so der Rasierer

Tatsächlich muß man, um kassieren zu können, zunächst einmal eine Leistung erbracht haben, im vorliegenden Fall eine Rasur, die sich vor allem deshalb anbietet, weil fortwährender Bartwuchs durch Rasur die Kasse des Kassierers anhaltend zum Klingeln bringt.

Wie der Kotzer, so der Rotzer

führt uns zum Kapitel der jahreszeitlich bedingten Erkältungskrankheiten. Ich übergehe die reichlich vorhandenen

realen Lösungen der Entschleimung und lenke Ihre teure Aufmerksamkeit auf ein erstes Geschenk des immer sanftmütigen Schicksals.
Natürlich können wir uns eine Veränderung unserer Gleichheit oder Kongruenz vorstellen, etwa der Art, daß nur eines der beiden Wörter wirklich ist; hiervon leiten wir eine ungeheure Reihe nicht etwa imaginärer, sondern eher virtueller Wörter ab, die im latenten Zustand existieren und lautlos um unsere dichten, gelben Brauen herumschwirren. Diese große Menge an Wörtern wird unsere Sprache mit einem Haufen Möglichkeiten bereichern, die fahren zu lassen wir uns zum höchsten Ruhm Faustrolls hüten werden.

Wie die Kathedrale, so der Ratzegale
Wie die Katsche, so die Ratsche
Wie die Kakel, so die Rakel
Wie die Katatonie, so die Ratatonie

Sie sind jetzt bereits im Besitz von *Ratzegale, Katsche, Kakel* und *Ratatonie.* Sie müssen zugeben, daß ich ganz schön geschuftet habe. Man kann hier aber noch ganz andere Adjektive entdecken, wie etwa:

Wie der Küpel, so der Rüpel

oder auch solche Substantive:

Wie die Klooten, so die Rooten
Wie die Kede, so die Rede
Wie der Kiecher, so der Riecher

usw.

Ich überlasse es Ihnen, die Bedeutung dieser neuen Wörter zu definieren ... das versteht sich übrigens von selbst. Sie werden feststellen, daß man, werden zwei nicht existierende Ausdrücke gleichgesetzt, eine Reihe von Wörtern erhält, die man nicht mehr virtuell nennen kann, sondern als imaginär bezeichnen muß, wie etwa:

Wie die Kusel, so die Rusel
Wie die Kimamoto, so die Rimamoto

usw. usw.

1. Aus dem Vorhergehenden folgt, daß man, nach den guten Wahrscheinlichkeitsgesetzen, K und R in den verschiedenen sprichwörtlichen Gleichheiten oder Kongruenzen, in denen sie aufeinandertreffen, einander entsprechen lassen kann. Dabei muß es eine Möglichkeit geben, schrittweise alle Sprichwörter zu verändern und zu bereichern, die dem folgenden Typus angehören:
Wie der Vater, so der Sohn
(mit r = k gibt: *Wie der Vatek, so der Sohn*, usw.)
Chi va piano va sano
gibt, wenn man das ano wegnimmt,
chi va pi... va s...
und pi = s
Daraus machen wir:
Wie der Vatek, so der Piohn
was man noch weiter ausbauen könnte, doch Sie sehen bereits die außergewöhnliche Goldmine vor sich, die mein bescheidener Ausgangspunkt vor Ihren verwunderten Augäpfeln geöffnet hat.
2. Mir will scheinen, daß man das Recht haben muß (und wenn man es nicht hat, so nimmt man es sich) auf diese Weise auch Gleichungen von der Art
Eile mit Weile
zu behandeln (woraus man sofort: *Keile mit Beile* machen kann, oder Sprichwörter von der Art *Besser ein Ende mit Schrecken als ein Schrecken ohne Ende.*
Kurzum, bisher hat uns mindestens die Hälfte des Wörterbuchs gefehlt, und wie wollen Sie unter solchen Umständen von Moral reden?
Ich bin Ihnen sehr faustrollisch ergeben.

Lieder und Balladen

Rue Traversière

I

In der rue Traversière
Sprossen die Rosen
Und ein Haufen andrer Neurosen
Die niemand sieht.

In der rue Traversière
Ward man ein altes Baby gewahr
Das am Fenster wild plärrte
Weil es hingefallen war.

In der rue Traversière
Gab es eine schöne Oma
Die präsentierte ihren Rücken als Drama
Für zweihundertfünfunddreißig Francs.

2

In der rue Traversière
Ganz dicht an einem Eckstein
Saß ein militärischer Flöter
Auf seinem Hut ganz allein.

In der rue Traversière
Gab es einen Erfinder
Der fertigte Ballons auch im Winter
Sowohl in schwarz als auch in bunt.

In der rue Traversière
Gab es eine Guillotine
Die den Zigarren die Spitzen abschnitt
Für den Papa von Schwester Aline.

3

In der rue Traversière
Gingen die Liebespaare
Unterm Torweg sie waren
Wenn sie sich in die Augen sahn.

In der rue Traversière
Stolzierten wilde Löwen
In prächtiger Kosakentracht
Zur Hochzeit, begleitet von Möwen.

In der rue Traversière
Fiel man nie auf die Nase
Das war keine echte Straße
Und jedermann war tot…

Klage über den Fortschritt

I

Ging man einst auf Freiersfüßen
Sprach man von Liebe, tat sich küssen
Um zu beweisen seine Glut
Bot man sein Herz an und sein Blut

Heute ist das nicht mehr so
Man kann's spüren, man kann's spüren
Um diesen Engel zu verführen
Setzt man ihm ins Ohr 'nen Floh

Ach ... Gudule ...
Komm und gib mir einen Kuß ...
Dafür werd ich dir dann geben

Einen Kühlschrank
Einen hübschen Tank
Ein Rollholz
Das dein ganzer Stolz
Einen Küchenherd
So was ist Goldes wert
Und Bestecke, die gleichfalls begehrt
Und Küchenformen
Alle nach den DIN-Normen
Und für die Mayonnaise
Kauf, ich dir 'n Mixgebläse
Einen schönen Ventilator
Der die Düfte zieht empor
Und Decken, die dich wärmen
Oder wovon du sonst tust schwärmen
Ein Flugzeug für uns zwei allein
Glaub, mir, wir werden glücklich sein

2

Kams früher dann mal vor
Daß man in Streit geriet
Dann ging man fort, schlug zu das Tor
Doch das Geschirr ließ man zurück

Heut, hingegen, so ist das halt
Das Leben ist so teuer
Sagt man: hau ab zur Mama, du Ungeheuer
Behält für sich den ganzen Haushalt

Ach … Gudule …
Entschuldige dich …
oder ich nehm, alles wieder an mich

Meinen Kühlschrank
Meinen Löffelschrank
Und meine Ofenbank
Meinen Öl- und Kohlenofen
Meinen Schuhputzapparat
Meinen Getränkeautomat
Und den Spiegel auch im Bad
Und das Mixgebläse
Für die Mayonnaise
Die Kartoffelstampfe
Und dazu auch noch die Klampfe
Und stört einen die Schöne
Dann auch noch mit ihr'm Gestöhne
Schmeißt man sie raus
Aus meinem Haus
Und vertraut sein Schicksal an

Coda

Dem Kühlschrank
Dem Vertriebs-Gestank
Der Ofenbank
Dem Bett, das stets gemacht
Dem Pantoffelwärmer
Dem Ligusterschwärmer
Dem Fleckentferner
Der Mannestracht

Doch ganz ganz schnell
Besucht dich so eine Mamsell
Die hübsch ist und sensationell
Und dir ihr Herze schenkt
Da gibt man eben nach
Was soll schon all der Krach
Und lebt so ganz loyal } *zweimal wiederholen*
Bis zum nächsten Mal.

Gefährliche Verletzungen

I

Du hast ihn getroffen, hör ich
In einem kleinen Bistro
Wo du frühmorgens gewöhnlich
Deinen Kaffee runterschlürfst
Alle Tage kam er dorthin
Du hattest es satt
Ihn immer so traurig anzusehn
Du fandest ihn nett
Und gestern abend nahmt ihr bei dir einen Drink
Da warst du lustig wie ein Fink

Seine Augen, sie gefielen dir so
Sie haben dir geschmeichelt
Mit einem zärtlichen Blick von irgendwo
Sein Mund, er gefiel dir so
Hat dir heiße Worte
Geflüstert ins Ohr
Sein Herz, es gefiel dir so
Schlug ganz leise
Im Rhythmus von Träumen und froh
Seine Hände, sie gefielen dir so
Umschlangen deine Hände
Mit einer betörenden Geste, nur so.

2

Er hatte schöne Augen
Seine Hände waren zart
Und hinreißend sein Mund
Er war allein und smart
Du dachtest an sein Herz
Du wolltest, daß es sich regt
Sein armes Leben dir vor Augen
Wolltest du ihn heiter machen
Aber gestern abend nahmt ihr bei ihm einen Drink
Da war er lustig wie ein Fink

Seine Augen, sie gefielen dir so
Sahen Blut
Fließen über den Tisch
Sein Herz, es gefiel dir so
Schlug heftig
Vor Liebe schwärmerisch
Sein Mund, er gefiel dir so

Flüsterte Worte
Die berückten dich
Seine Hände, sie gefielen dir so
Stießen das Messer
In einen weißen Bauch

Er bereitete einen Fisch.

Die fröhlichen Schlächter

Couplet 1

Das ist der Tango der Schlächter von La Villette
Das ist der Tango der Schlachthoffüsiliere
Sammelt Gekröse und Nierenmark
Und trinkt vom Blut bevor es schwarz wird.

Refrain 1

Blut muß fließen
Die Menschen müssen was zu fressen haben
Die Reichen müssen sich stopfen können
Die Armen müssen sich mästen können
Blut muß fließen
Die beauftragten Händler am Platz
Stopfen sich voll ihren Latz
Mit einem Achthundertfrancfilet
Blut muß fließen
Damit die Felle gegerbt werden können
Damit die Füße paniert werden können
Damit wir die Kopfe einpökeln können
Blut muß fließen
Fleischmassen muß man verzehren
Um fett zu sein, wenn man stirbt
Und sich von Schlachtliedern nähren
Blut muß fließen …
Noch mehr!

Couplet 2

Das ist der Tango der fröhlichen Militärverehrer
Der gutgelaunten Sieger von überall und anderswo
Das ist der Tango der berühmten Kriegsbegehrer
Das ist der Tango aller Totengräber.

Refrain 2

Blut muß fließen
Stütz dich auf das Bajonett
Du mußt dich fügen oder furz ins Bett
Außer dein Kopf ist ein hartes Brett
Blut muß fließen
Du mußt sie niederstrecken
Peinlich, wenn es Vettern sind
Sie müssen eben halt verrecken
Blut muß fließen
Tust du nicht deine Pflicht
Zögern deine Kumpel dann nicht
Und du hast dein Leben verwirkt
Blut muß fließen
Morgen bist du an der Reih'
Morgen bist du auch dabei
Aus der Mensch und aus die Liebe

Hah! da ist ja die Blutwurst! ist ja die Blutwurst!
ist ja die Blutwurst!

Doktor Schweitzer

Ob um Mitternacht oder mittags
Sie gehen mir auf den Wecker, Doktor Schweitzer.

Wenn Sie in die Legende eingehen
Ziehen Sie bitte Gummischuhe an
Ihre alten Trapperlatschen
Knirschen zu sehr auf dem Kies.

Der Avantgarde der Spitzbuben
Legt man Ihren Heiligenschein um
Für wen eigentlich, Doktor Schweitzer, heilen Sie
Diese Neger
Die sie auflesen
Und die man morgen wieder ans Messer liefern wird?

Bleiben Sie in Ihren Tempeln aus Nußbaum
Spielen Sie mit den Füßen Orgel
Üben Sie Bach, wenn es Ihnen Spaß macht
Aber Sie sollen wissen, daß Sie mir seit hundert Jahren
Weit und breit und quer
Ob um Mitternacht oder mittags
Auf den Wecker gehen, Doktor Schweitzer.
Es war wichtig, daß das mal gesagt wurde…

Freiheit

Auf die Schwelle deiner Wohnung
Auf den blitzeblanken Boden
Auf den Klavierdeckel
Schreibe ich deinen Namen

Auf die erste Stufe
Auf die zweite und die folgenden
An deine Tür
Schreibe ich deinen Namen

An die Wände unseres Zimmers
Auf das Schlangenpapier
Auf den Kamin
Schreibe ich deinen Namen

Auf das Kopfkissen, aufs Laken
Auf die Baumwollmatratze
Auf das verschossene Kissen
Schreibe ich deinen Namen

Auf dein entspanntes Gesicht
In deine weit offenen Nasenlöcher
Auf jede deiner spitzen Brüste
Schreibe ich deinen Namen

Auf deinen Bauchnabel
Auf deine klaffenden Schenkel
Auf dein Spalten-Mysterium
Schreibe ich deinen Namen

Ich bin nachts gekommen
Um das alles zu besudeln
Ich bin gekommen, um deinen Namen
Zu schreiben
Mit Sperma.

Ich möchte nicht krepieren

Ich möchte nicht krepieren
Bevor ich nicht gekannt
Den schwarzen Elefant
Der traumlos schläft bei Nacht
Die Affen ohne Hirn
Mit ihres Arsches Pracht
Die Silberglitzerspinnen
Die Tückisches ersinnen
Ich möchte nicht krepieren
Bevor vom Mond ich weiß
Ob dieses Nachtgestirn
Nun kalt ist oder heiß
Wie's um die Sonne steht
Ob die vier Jahreszeiten
Auch wirklich vier nur sind
Ich möchte nicht krepieren
Bevor im langen Kleide
Ich übern Boulevard schreite
Bevor ich nicht geschaut
In die Kloake rein
Bevor sich nicht mein Schweif
In dies und das getraut
Und enden möcht' ich nicht
Bevor an Lepra ich erkrankt
Die sieben Seuchen auch gekannt
Die man sich dorten holt
Das Gute noch das Böse
Empfand ich als Malheur
Wenn wenn wenn ich nur wüßte
Daß ich der erste wär
Da gibt es aber noch

All das was ich so kenne
All das worauf ich poch
Des Meeres Tiefe grün
In der die Algen blühn
Auf dem gewellten Sand
Das trockne Junigras
Die Erde tief durchfurcht
Der Duft der Koniferen
Die Küsse jener da
Die mir vor Augen schwebt
Die Schöne die hier steht
Mein Bärchen Ursula
Ich möchte nicht krepieren
Bevor ich nicht verbraucht
Mit meinem Mund den ihren
Den Leib mit meiner Hand
Das andre mit den Augen
Mehr sag, ich nicht denn man
Muß ehrerbietig bleiben
Ich möchte sterben nicht
Bevor erfunden sind
Der Rosen Ewigkeit
Der nur Zweistundentag
Das Meer hoch auf dem Berg
Der Berg ganz dicht am Meer
Das Ende allen Leids
Das Ende auch des Neids
Bevor die Kinder froh
Und vieles andre noch
Was in den Köpfen schläft
Geniale Ingenieure
Gärtner die fröhlich sind
Besorgte Sozialisten
Urbane Urbanisten
Und Denker die mal denken

Soviel gibt es zu sehn
Zu sehen und zu hören
Solange heißt es warten
Und suchen in der Nacht

Nun seh das Ende ich
Das eilends näherkommt
Mit seinem fiesen Schlich
Mich in die Arme nimmt
Sehr ernst und sehr bestimmt

Ich möchte nicht krepieren
Nein Monsieur nein Madame
Bevor ich nicht geprüft

Den Geschmack auf den ich scharf
Den Geschmack des ich bedarf
Ich möchte nicht krepieren
Bevor ich nicht geschmeckt
Des Todes bittres Salz …

Warum ich lebe

Warum ich lebe
Warum ich lebe
Für das gelbe Bein
Einer blonden Frau
Die im Sonnenlicht
An die Wand sich lehnt
Fürs pralle Segel
Eines Hafenkahns
Für den Schatten des Altans
Für den Eiskaffee
Den man im Glase trinkt
Um auf dem Sand zu stehn
Des Wassers Grund zu sehn
Das so blau dort wird
Und so tief auch reicht
Mit seinen Fischen
Die stillen Fische
Sie weiden auf dem Grund
Schwimmen dahin
Über dem Algenhaar
Wie träge Vögel
Wie blaue Vögel
Warum ich lebe
Weil das so hübsch ist.

Das Leben ist wie ein Zahn

Das Leben ist wie ein Zahn
Zu Anfang hat man nicht daran gedacht
Hat sich begnügt draufloszukauen
Und plötzlich ist dann alles aus
Es tut dir weh, du hängst so dran
Es folgt Behandlung, folgen Sorgen
Will wirklich man nach Heilung streben
Muß man heraus es reißen, das Leben.

Es gab mal eine Kupferlampe

Es gab mal eine Kupferlampe
Die schon seit Jahren brannte
Es gab mal einen Zauberspiegel
Und darin sah man das Gesicht
Das Gesicht, das man einst hätte
Auf dem goldnen Totenbette
Es gab ein blaues Lederbuch
Drin waren Erde und der Himmel
Feuer, Wasser und die sieben Schimmel
Die Sanduhr webte an der Zeit
Mit ihrem Zeiger voller Staub
Es gab einmal ein schweres Schloß
Verrammelte mit hartem Biß
Die Eichentür im Dachgeschoß
Legte den Turm in Finsternis
Dazu den runden Raum, den Tisch
Das Kalkgewölbe, die Fenster auch
Mit Gläsern, die gefaßt in Blei
Die Ratten kletterten im Efeu
Rund um den Turm aus Stein herum
In den die Sonne nicht mehr drang

Es war wirklich entsetzlich romantisch.

Ich will in Grätenform ein Leben

Ich will in Grätenform ein Leben
Auf einem Teller blau
Ich will in Dingsbumsform ein Leben
Tief drin in einem Dings allein
Ich will in Handsandform ein Leben
In Form von grünem Brot, von einem Krug
In Form von weichen Latschen
In Form von einer Nichtigkeit
Von einem Schornsteinfeger, einem Fliederbaum
Von Erde voller Kieselsteinen
Von einem wilden Barbier, einer irren Daunendecke
Ich will in deiner Form ein Leben
Ich habs zwar schon, doch reichts mir nicht
Ich bin halt nie zufrieden.

Ich liebe nur mich

Man wirft mir vor, niemand zu lieben
Man sagt mir, ich sei gräßlich, ich hätte kein Herz
Alle Welt schnauzt mich an, man hält mich für durchtrieben
Mir ist das egal, es bereitet mir keinen Schmerz

Ich liebe mich
Ich fühle mich niemals allein
Ich liebe mich
Ich leiste meiner Kälte Gesellschaft
Klasse
Wenn jemand blickt
Grimasse
Und mich bringt sie zum Lachen
Ich weiß nicht, weshalb man sagt
Mit sich selbst langweile man sich
Ich langweile mich nie, ich leg mich ins Bett
Das ist ein schönes Leben
Ich liebe mich
Ich werde mich nicht nach dir sehnen
Ich liebe mich
Und erspare mir Eifersuchtsszenen

Eines Tages tritt ein Mann in mein Leben
Ich gefalle ihm, er will meinen Körper sehn
Ich kenne sie, sie beneiden mich sehr
Aber mir ist das egal und ich kann ihn entbehrn

Ich liebe mich
Es ist zwecklos, auf mich zu warten
Ganz gleich
Ich folge dir nicht
Ich liebe mich
Mit mir bin ich zärtlich
Ich liebe mich
Denn ich liebe nur mich
Vielleicht kommt mal ein trauriger Abend
Und treff ich dann einen schönen Jungen
Sag ich ihm, ohne viel Worte zu machen
Komm mich besuchen
Ich liebe mich
Und sag dir nicht gleich
Ich liebe dich
Denn zuvor liebe ich mich.

Mit Haar

Die scheue arabische Frau
Mit Bart
Stützte ihre Herrschaft
Auf den Stamm der Rusti, räuberische Nomaden
Im Nordwesten von Chalzedonien

*

Mitunter nimmt sie ihren Bart
Zwischen ihre Zähne
Und bläst säuselnde Triller
Durch das gespannte Gewebe
Ihrer äolischen Tracht.

*

Ihr Lächeln gerinnt zwischen den bepflanzten Uferpfaden
In deren Zonen man nicht zu verschwinden wagt
Denn jedes Mal, wenn sie ihren Rock fallen läßt
Sagt sie zu dir: »Sie täuschen sich ...«

Ratschläge für einen Freund

Freund, du willst
Dichter werden
Verfasse vor allen Dingen
Keinen Schwachsinn
Schreibe keine
Allzu blöden Lieder
Wenn auch die Dummköpfe
So was lieben.

Verwende
Keine dämlichen Begriffe
Auch nicht den Sombrero
Von Mexico
Verwende
Kein billiges Parfum
Keine exotischen
Vögel oder Caprifischer.

Verwende Blumen
Und einige Küsse
Zärtlich
Von den Lippen gehaucht
Verwende die Noten
Als Sträuße
Und singe sie
Mit viel Herz.

Freund, du willst
Dichter werden
Versuche
Auf keinen Fall reich zu werden
Lieber verfasse
Kleine Perlen
Für die man dir
Fünfundzwanzig Sous zahlen wird.

Der Verleger
Wird dir den Rat geben
Dich schamlos
Zu prostituieren
Der Sänger
Wird auf dich einreden
Und dir nahelegen
Dich zu kastrieren.

Du wirst über all das lachen
Was man dir sagen wird
Und dir wird nie
Der Refrain
Aus dem Kopf gehen
»Unbekannt immer«
Wirst ihn pfeifen
Auf den Straßen von …

Der kleine Mann ist der wahre Schuldige

Ist ein General ohne Soldaten gefährlich?
Ein Polizeichef oder Präfekt ohne Polizisten?
Ein Papst ohne Kardinäle, ohne Erzbischöfe und ohne Pfarrer?
Mir wären diese recht.
Die Engländer wissen: ein König ohne Macht ist im besten Sinne harmlos.
Aber der kleine Mann ist eine ausschlaggebende Kraft. Hunderte kleine Leute sind eine Gefahr für den Einzelnen.
Hunderttausend kleine Leute reichen für einen Krieg. Hundert Millionen kleine Leute machen das Unglück der Menschheit aus.
Der Direktor der Französischen Eisenbahn ist nicht in der Lage, von seinem Schreibtisch aus einen Zug entgleisen zu lassen; um das tun zu können, muß er sich in einen Weichensteller verwandeln - oder in einen kleinen Mann - und die Signale verstellen. Aber ein Weichensteller! Da sitzt man am Hebel.
Hitler ganz allein! Ein herrliches Schauspiel.
Aber 85 Millionen kleine Leute hinter ihm, da hört der Spaß auf. Hitler ist tot, die kleinen Leute leben weiter und geben sich Mühe, einen harmlosen Eindruck zu machen - wie alle kleinen Leute der Welt.
Die kleinen Leute hassen sich untereinander; aber vereinigt nennen sie sich Volk und sind nicht zu schlagen.
Der Individualismus des Volkes ist der einzige Schutz gegen den kleinen Mann. Der kleine Mann weiß das nur zu gut.
Hätte man nur Admiräle bei der Marine, es gäbe keine Seeschlachten mehr.

Der Deserteur

Verehrter Präsident
Ich sende Euch ein Schreiben
Lest oder laßt es bleiben
Wenn Euch die Zeit sehr brennt

Man schickt mir da, gebt acht
Die Militärpapiere
Daß ich in d'n Krieg marschiere
Und das vor Mittwoch nacht

Verehrter Präsident
Das werde ich nicht machen
Das wäre ja zum Lachen
Ich hab kein Kriegstalent

Sei's Euch auch zum Verdruß
Ihr könnt mir's nicht befehlen
Ich will's Euch nicht verhehlen
Daß ich desertieren muß.

Seit ich auf Erden bin
Sah ich den Vater sterben
Sah meine Brüder sterben
Und weinen nur mein Kind

Sah Mutters große Not
Nun liegt sie schon im Grabe
Verlacht den Bombenhagel
Und treibt mit Würmern Spott

Als ich Gefangner war
Ging meine Frau verdienen
Ich sah nur noch Ruinen
Nichts blieb, was mir mal war

Früh wenn die Hähne krähn
Dann schließ ich meine Türen
Und will die Toten spüren
Und auf die Straße gehn

Ich nehm den Bettelstab
Auf meiner Tour de France
Durch Bretagne und Provence
Und sag den Menschen dies:

Verweigert Krieg, Gewehr
Verweigert Waffentragen
Ihr müßt schon etwas wagen
Verweigert's Militär

Ihr predigt, Kompliment
Doch wollt Ihr Blut vergießen
Dann laßt das Eure fließen
Verehrter Präsident

Sagt Eurer Polizei
Sie würde mich schon schaffen
Denn ich bin ohne Waffen
Zu schießen steht ihr frei.

Variante zur Schlußstrophe
Sagt Eurer Polizei
Sie würde mich nicht schaffen
Denn ich besitze Waffen
Und schieße nicht vorbei.

Offener Brief an den Herrn Stadtrat Paul Faber

Sehr geehrter Herr,

Sie haben geruht, ein höchst einfaches und anspruchsloses Lied in das Scheinwerferlicht des Tagesgeschehens zu ziehen, »Der Deserteur«, das Sie im Radio gehört haben und dessen Autor ich bin. Sie haben geglaubt, annehmen zu müssen, daß es sich dabei um eine Beleidigung der Veteranen aller vergangenen, gegenwärtigen und zukünftigen Kriege handele. Sie haben den Polizeipräsidenten aufgefordert, zu veranlassen, daß dieses Lied nicht mehr über den Äther geschickt wird. Dies bestätigt jedem, der es hören möchte, die Existenz einer Zensur beim Radio, und das ist ein nützliches und wissenswertes Detail.
Ich bedauere, Ihnen das sagen zu müssen, aber dieses Lied ist von Tausenden von Zuschauern beklatscht worden, vor allem im Olympia (drei Wochen) und in Bobino (zwei Wochen), seit Mouloudji es singt; gewisse Leute, das weiß ich, haben es schockierend gefunden; das waren sehr wenige, und ich befürchte, sie haben es nicht verstanden. Hier nun einige Erklärungen zu ihrem Gebrauch.
Von zwei Dingen das eine: Sie als alter Kämpfer, haben Sie für den Frieden gekämpft oder aus Spaß? Wenn Sie für den Frieden gekämpft haben, was ich zu hoffen wage, springen Sie nicht einem an die Gurgel, der auf der gleichen Seite steht wie Sie, und antworten Sie auf die nächste Frage: wenn man den Krieg nicht im Frieden angreift, wann wird man das Recht haben, ihn anzugreifen? Oder *liebten* Sie den Krieg etwa – und kämpften aus Spaß? Das ist eine Annahme, die ich mir nicht einmal erlauben würde; denn ich für meinen Teil bin kein aggressiver Typ. Versuchen Sie doch also nicht,

dieses Lied, das gegen das gleiche kämpft, wogegen Sie auch gekämpft haben, für etwas gelten zu lassen, was es nicht ist, indem Sie mit Worten spielen: das ist kein guter Krieg.
Denn es gibt gute Kriege und schlechte Kriege – wenn auch die Annäherung von »gut« und »Krieg« dergestalt ist, *mich* zu schockieren, mich und nicht wenige andere, im ersten Augenblick – wie das Lied Sie im ersten Augenblick hat schockieren mögen. Würden Sie den Krieg, den man die französischen Soldaten 1940 führen lassen wollte, einen guten Krieg nennen? Schlecht bewaffnet, schlecht geleitet, schlecht informiert, als einzige Verteidigung oftmals nur ein Gewehr, in das noch nicht mal die Patronen paßten, die man ihnen gab*, haben die Soldaten von 1940 der Welt eine Lektion in Intelligenz verpaßt, indem Sie sich zu kämpfen weigerten; wer dazu in der Lage war, hat sich geschlagen – und sehr gut geschlagen; aber die schöne Geste, die darin besteht, sich für nichts umbringen zu lassen, ist heute nicht mehr in Mode, wo man mechanisch tötet; sie hat nicht mal mehr symbolischen Wert, wenn man glauben will, daß sie den einmal hatte, weil sie dem Besiegten immerhin Respekt vor dem Sieger abzwang.
Übrigens ist der Tod für das Vaterland sehr gut; trotzdem dürfen wir nicht alle sterben – denn wo bliebe da das Vaterland? Das ist ja nicht die Erde – das Vaterland, das sind die Leute.** Es sind nicht die Soldaten, sondern die Zivilbevölkerung, die man verteidigen soll – und die Soldaten haben nichts Eiligeres zu tun, als wieder Zivilisten zu werden, da das bedeutet, daß der Krieg zu Ende ist.
Wenn übrigens dieses Lied den Anschein erweckt, als sei es indirekt gegen eine gewisse Kategorie von Leuten gerichtet, so sind das ganz sicher nicht die Zivilisten; die Veteranen werden doch keine Militärs sein? Und würden Sie mir bitte

* Unter anderem widerfuhr das meinem älteren Bruder im Mai 1940.
** Ich denke nicht, daß mir der General de Gaulle in diesem Punkt widerspräche.

erklären, was Sie denn unter Veteran verstehen, ja, *Sie?* »Ein Mann, der bedauert, zu den Waffen gegriffen haben zu müssen, um sich zu verteidigen«, oder »ein Mann, der der Zeit nachtrauert, wo man noch kämpfte«? Wenn es »ein Mann, der sich als Kämpfer bewiesen hat«, ist, nimmt das eine aggressive Nuance an. Wenn es »ein Mann, der einen Krieg gewonnen hat« ist, wird es ein bißchen eitel.
Glauben Sie mir ... »Veteran«, das ist ein gefährliches Wort; man sollte nicht stolz darauf sein, im Krieg gewesen zu sein, man sollte es bedauern – ein Veteran ist mehr als jeder andere in der Situation, den Krieg zu hassen. Fast alle echten Deserteure sind »ehemalige Kämpfer«, die nicht die Kraft gehabt haben, den Kampf bis zu Ende durchzustehen. Und wer wird da den ersten Stein werfen? Nein... mein Lied mag Mißfallen erregen, aber nicht bei einem Veteran, lieber Herr Faber. Das kann nur bei einer gewissen Kategorie von Berufssoldaten der Fall sein; bis zu anderslautender Order betrachte ich den Veteran als einen Zivilisten, der glücklich ist, einer zu sein. Es gibt Berufssoldaten, die den Krieg als eine unvermeidliche Plage ansehen und sich bemühen, ihn abzukürzen. Sie tun Unrecht daran, beim Militär zu sein, denn damit erklären sie sich von vornherein als entmutigt und geben zu, diese Plage nicht verhindern zu können – aber diese Soldaten sind ehrliche Männer.
Dumm, aber ehrlich. Und auch diese können sich nicht angegriffen fühlen: Wissen Sie, einige haben mich zu diesem Lied beglückwünscht. Unglücklicherweise gibt es auch noch andere. Und wenn ich die schockiert haben sollte, bin ich entzückt. Das geschieht ihnen recht. Ja, mein lieber Herr Faber, stellen Sie sich vor, gewisse Berufssoldaten finden, daß der Krieg kein anderes Ziel hat, als Leute umzubringen. Der General Bradley zum Beispiel, dessen Kriegserinnerungen ich übersetzt habe, sagt es ganz offen. Unter uns, neun Zehntel der Leute haben ganz falsche Vorstellungen von diesem Typus des Berufssoldaten. Die Geschichte, die gelehrt wird,

ist voll von Erzählungen ihrer unnötigen Heldentaten und ihrer barbarischen Zerstörungen; mir wäre es lieber – und da bin ich nicht alleine –, daß man an den Schulen das Leben des Eupalinos lehrte oder wie Notre-Dame gebaut wurde, anstelle von Caesars Leben oder der Erzählungen der kühnen Heldentaten des Dschingis Khan.
Der Prahlhans hat den Zivilisierten immer dazu zu zwingen gewußt, sich für seine uninteressante Person zu interessieren; wo die Aufmerksamkeit nicht von selbst entsteht, muß man sie wohl verlangen, und was gibt es Einfacheres, wenn man über Waffen verfügt. Man regelt diese Probleme nicht auf zehn Zeilen; aber eines der zivilisiertesten Länder der Welt, die Schweiz, hat es gelöst, und darauf will ich Sie hinweisen, nämlich indem sie eine Zivilistenarmee gegründet hat; für jeden von ihnen hat der Krieg nur eine Bedeutung: sich zu verteidigen. Dieser Krieg ist der gute Krieg. Zumindest der einzige unvermeidliche. Der, den uns die Tatsachen aufzwingen.
Nein, Herr Faber, suchen Sie die Beleidigung nicht da, wo sie gar nicht ist, und wenn Sie auf eine stoßen, sollen Sie wissen, daß Sie sie auch dorthin gebracht haben. Ich sage klar, was ich meine; und ich habe niemals den Wunsch verspürt, die Veteranen der beiden Kriege zu beleidigen, die Kämpfer der Résistance, unter denen ich viele Freunde habe, und die Kriegstoten – unter denen ich noch mehr hatte. Wenn ich jemanden beleidige (und das unterläuft mir selten), mache ich das offen, glauben Sie mir. Niemals werde ich Männer beleidigen, die man als Zivilisten, wie mich, in eine Uniform gesteckt hat, um sie wie bloße Gegenstände zu töten, während man ihnen den Kopf voller leerer Befehle und trügerischer Vorwände stopfte. Zu kämpfen, ohne zu wissen warum, ist die Tat eines Dummkopfes, nicht die eines Helden; Held ist derjenige, der seinen Tod akzeptiert, wenn er weiß, daß er den Werten, die er verteidigt, nützen wird. Der Deserteur in meinem Lied ist nur ein Mann, der nicht weiß; und wer

erklärt es ihm? Ich weiß nicht, aus welchem Krieg Sie Veteran sind – aber wenn Sie im ersten Weltkrieg waren, müssen Sie anerkennen, daß Sie zum Krieg begabter waren als zum Frieden; diejenigen, die wie ich 1940 zwanzig Jahre alt waren, haben ein lustiges Geburtstagsgeschenk bekommen. Ich stelle mich nicht als Tapferen hin: ich habe nicht gekämpft, da ich aufgrund einer Herzkrankheit zurückgestellt wurde, ich bin nicht deportiert worden, habe nicht kollaboriert – ich bin vier Jahre lang ein unterernährter Dummkopf unter vielen anderen geblieben – einer, der nichts verstand, weil man zum Verstehen einen haben muß, der einem was erklärt. Heute bin ich 34 Jahre alt, und ich sage Ihnen: wenn es darum geht, die, die ich liebe, zu verteidigen, will ich sofort kämpfen. Wenn es darum geht, unter einem Napalmhagel in einem elenden Kampf zufällig zu fallen, obskure Schachfigur einer von politischen Interessen geleiteten Schlägerei, dann weigere ich mich und gehe in den Untergrund. Ich werde dann meinen Krieg führen. Das ganze Land hat sich gegen den Indochinakrieg erhoben, nachdem man endlich erfahren hatte, worum es sich dabei handelte, und die jungen Leute, die sich da hinten haben umbringen lassen, weil sie einer Sache zu dienen glaubten – das hatte man ihnen gesagt – die beleidige ich nicht, die beklage ich; unter ihnen gab es, wer weiß, große Maler – große Musiker; und ganz sicher, rechtschaffene Leute. Wenn man sieht, wie ein Krieg innerhalb eines Monats durch den Willen eines Mannes endet, der sich auf diesem Gebiet nicht mit vagen und ruhmreichen Worten zufriedengibt, muß man wohl glauben, wenn man es nicht schon verstanden hatte, daß dieser Krieg da jedenfalls nicht unvermeidlich war. Fragen Sie die ehemaligen Kämpfer von Indochina – Philippe de Pirey zum Beispiel* –, was sie dazu meinen. Nicht ich sage Ihnen das – sondern einer, der von dort zurückkehrt – aber vielleicht lesen Sie ja nicht. Wenn Sie

* »Opération Gâchis«, bei Julliard.

sich mit dem Radio zufriedengeben, dann sind Sie natürlich auf dem Gebiet der Information nicht verwöhnt. Als Mittel des kulturellen Fortschritts ist das Radio theoretisch hervorragend; aber es wird nicht gerade fachgerecht eingesetzt.
Ich könnte mich übrigens mit Ihnen streiten. Wer sind Sie denn eigentlich, Herr Faber, daß Sie glauben, mich derart angehen zu können? Halten Sie sich für ein Vorbild? Einen Wertmaßstab? Ich möchte das nur zu gerne glauben - doch dazu müßte ich Sie erstmal kennen. Ich möchte Sie sehr gern kennenlernen: aber Sie greifen mich einfach so an, aus dem Hinterhalt, ohne mich angehört zu haben (ich hätte Ihnen nämlich das Lied erklären können, wo Sie doch eine genaue Anleitung brauchen). Ich werde entzückt sein, mir an Ihnen ein Beispiel zu nehmen, wenn ich in Ihnen die Qualitäten erkannt habe, über die Sie, das will ich nicht in Zweifel stellen, sicher verfügen, die sich bis heute aber kaum gezeigt haben, denn bis jetzt kenne ich von Ihnen nur einen Akt der Feindseligkeit einem Menschen gegenüber, der versucht, seinen Lebensunterhalt zu verdienen, indem er Lieder für andere Menschen schreibt. Ich will Faber wohl folgen. Aber die Männer meiner Generation haben die Nase voll von guten Lehren; sie ziehen Vorbilder vor. Bisher habe ich mich da mit Leuten wie Einstein zufriedengegeben, um nur ihn zu nennen - ach ja, hören Sie mal, was er, Einstein, über die Soldaten schreibt ...
»... Dieses Thema bringt mich auf die schlimmste Erfindung; die bewaffneten Massen, das Militärregime, das ich hasse; ich verachte denjenigen zutiefst, der mit Lust in Reih und Glied marschieren kann, hinter einer Musik her: daß er ein Gehirn mitbekommen hat, kann nur irrtümlicherweise geschehen sein; etwas Rückenmark würde vollauf genügen. Man müßte diese Schande der Zivilisation so schnell wie möglich verschwinden lassen. Das Heldentum auf Befehl, die blödsinnigen Gewalttaten - wie ich das alles hasse; wie elend und verachtenswert erscheint mir der Krieg; ich würde mich lieber in Stücke schneiden lassen, als an einem solch kläglichen

Akt teilzunehmen. Trotz allem denke ich immer noch so gut von der Menschheit, daß ich davon überzeugt bin, daß dieses Gespenst seit langem verschwunden wäre, wenn der gesunde Menschenverstand der Völker nicht systematisch mithilfe von Schule und Presse von den Interessenvertretern aus Politik und Wirtschaft korrumpiert würde.«

Würden Sie Einstein angreifen, Herr Faber? Das ist gefährlicher, als Vian anzugreifen, ich warne Sie ... Und erzählen Sie mir nicht, daß Einstein ein Idiot sei: die Soldaten selbst gehen hin und benutzen seine Formeln, denn sie erkennen seine Überlegenheit an, siehe Kapitel Atomares. Sie haben, wie Sie sehen, nicht die Zustimmung Einsteins - sie sind schlechte Schüler; und nicht Einstein ist verantwortlich für Hiroshima oder die langsame Vergiftung des Pazifiks. Sie holen sich ihre Formeln bei ihm und beeilen sich, die Gebrauchsanweisung zu vergessen: die oben zitierten Zeilen zeigen, daß die Formeln nicht für sie gedacht waren. Sie haben die Gebrauchsanweisung für mein Lied vergessen, Herr Faber; aber ich trage Ihnen das nicht nach: ich bin bereit, Einstein als Vorbild durch Sie zu ersetzen, wenn Sie mir beweisen, daß ich dabei gewinne. Ich kaufe nämlich die Katze nicht im Sack.

Es gibt da noch einen Punkt, auf dem ich eigentlich nicht insistieren wollte, denn er gereicht Ihnen nicht zur Ehre: aber Sie haben die Feindseligkeiten öffentlich begonnen; Sie sind der Aggressor.

Um es Ihnen gleich zu sagen, ich finde die Art und Weise, wie Sie mit mir Streit suchen, ziemlich wenig ruhmreich - wenn man von Ruhm sprechen soll.

Als Skandalschreiber (für die Leute, die die rassistischen Schikanen nicht kennen), abtrünniger Ingenieur, Ex-Jazzmusiker, Ex-was Sie wollen (siehe die jeweilige Tagespresse) habe ich vor Ihnen, Herr Faber, Stadtrat, kein großes Gewicht. Ich bin eine bequeme Zielscheibe; Sie gehen kein großes Risiko ein. Und doch sehen Sie, daß ich nicht etwa desertiere, sondern mich zu verteidigen versuche. Wenn Sie das unter Krieg verstehen, dann ist das für Sie natürlich eine Aktion ohne Gefahr: aber warum dann Ihre ganzen großen Worte? Egalwer kann eine Klage gegen egalwen anstrengen – selbst wenn der Zweite die Zustimmung der Mehrheit hat. Im allgemeinen protestiert die griesgrämige Minderheit – und die Richter geben ihr normalerweise recht, das wissen Sie; Sie spielen mit Erfolgsgarantie. Sehen Sie, ich bin mir nicht mal sicher, ob »France-Dimanche«, an die ich diesen Brief schicke, ihn veröffentlicht; was bleibt mir da noch, um gegen Ihre Verleumdungen zu kämpfen? Kämpfen Sie nicht so, Herr Faber, und glauben Sie mir: wenn ich weiß, daß mein Gegner ein Feigling ist, werde ich ihm niemals ausweichen, auch wenn er viel mächtiger ist als ich; denn ich bin es, der die Vorherrschaft des Geistes über die Materie und der Intelligenz über die Brutalität verkündet, und so ist es auch an mir, dafür den Beweis anzutreten – und wenn ich scheitere, werde ich ruhmlos scheitern, wie all die armen Teufel, die unter einem Meter Erde ruhen und deren Tod wirklich nichts genutzt hat, um den Überlebenden den Frieden schmackhafter zu machen. Aber ich bitte Sie, wenn ich diese Schändlichkeit beleidige die der Krieg ist, dann tun Sie nicht so, als beleidigte ich die Unglücklichen, die ihre Opfer sind: das – so tun, als verstünde man nicht – ist eine typische Vorgehensweise derjenigen, die sie einsetzen; und ich wage zu hoffen, daß ich Sie nicht für einen Heuchler zu halten habe, sondern daß Sie in Wirklichkeit nichts begriffen hatten und daß der vorliegende Brief Licht in das Dunkel bringt. Und noch ein Ratschlag: wenn das Radio Sie ärgert, drehen Sie am Knopf oder verschenken Sie es; das habe ich vor sechs Jahren getan; suchen Sie sich aus, was Ihnen gefällt, aber lassen Sie die Leute singen und anhören, was ihnen gefällt. Es war doch die Freiheit im allgemeinen, die Sie verteidigten, als Sie kämpften, oder war es die Freiheit, zu denken wie Herr Faber?

Mit freundlichen Grüßen *Boris Vian*

Kritische Rundschau des engagierten Lügners

(geschrieben für die Oktober-Nummer 1948 von Les Temps Modernes)

Vorbemerkung

Der LÜGNER ist ganz aus dem Häuschen vor Freude darüber, daß er seine getreuen Leser wiederhat und bittet diese um Vergebung für sein langes Schweigen; er hat es ja nur dazu benutzt, sich wegen etlicher Verstöße wider die guten Sitten gerichtlich verfolgen zu lassen, allerdings nur um den Beweis zu erbringen, daß es sie noch gibt (die guten Sitten). Als dies getan war – aber nun mal Geist beiseite –, hat sich der LÜGNER tollkühn engagiert, und hier ist auch schon das Ergebnis seiner ersten Bemühungen; ein bescheidenes Ergebnis, zweifelsohne, jedoch ist mit diesem Gegenstand wirklich nicht zu spaßen.

Keine Haushaltsmittel für Militärs

I

Ich stelle hiermit die Behauptung in den Raum, daß auf dem, was jeder gern »unsere Erde« nennt, immer noch Individuen (soweit die Gattungsbezeichnung der männlichen oder weiblichen Lebewesen, die den oben erwähnten sogenannten Planeten bevölkern) existieren, deren Hauptsorge und vordringlichstes Interesse darin besteht, gut zu essen, kalte Getränke zu trinken, sich einen strapazierfähigen Magen zu erhalten, sich einen Teil ihrer Zeit über zu vergnügen und sich, freiwillig oder nicht, in unregelmäßigen Abständen und bei günstigen Umständen fortzupflanzen. Der Nach-

weis, ob diese Feststellungen zutreffen oder nicht, liegt nicht im Aufgabenbereich dieser unregelmäßig erscheinenden Kommentare; stammt diese Auskunft doch aus gewöhnlich gut unterrichteten Kreisen, von Leuten also, deren Name allein für den Wahrheitsgehalt ihrer Aussagen bürgt. Daher ist der LÜGNER auch zum Schluß gekommen, daß obgenannte Individuen, wie sehr ihre Zahl auch geschrumpft sein mag, es verdienen, für eine sorgfältige und gründliche Studie herzuhalten, die auf ihre bemerkenswerten Eigenschaften eingeht.
Ich nehme die vorausgegangene Behauptung zunächst einmal als wahr an und möchte nun versuchen, einige jener Bedingungen und Verfahrensweisen aufzuzeigen, die geeignet sind, ihnen ein Überleben zu sichern, welches dadurch wissenschaftliche Aussagekraft gewinnt, daß es sich hierbei um eine verschwindend geringe Anzahl von Subjekten handelt und man folglich annehmen kann, daß sie deshalb die ausgeprägtesten Gattungsmerkmale besitzen.
Die tiefschürfenden Untersuchungen, die ich auf mich genommen habe, seitdem ich darauf verfallen war, diese Klasse von Individuen einmal aus nächster Nähe zu beleuchten, lassen eher den Schluß zu, es handle sich hierbei um eine in fortschreitendem Niedergang begriffene, wenn nicht gar - wie es scheinen will - um eine vom Aussterben bedrohte Rasse, vergleichbar etwa den Buschmännern oder den Eingeborenen Australiens vor den Kreuzzügen. Das entscheidende Problem besteht also darin, dem Leser der *Temps Modernes* jene Lösungen nahezubringen, die ich für geeignet erachte, wenigstens ein paar Musterexemplare dieser raren Fauna der Nachwelt zu erhalten.
Versuchen wir nicht, die Ursachen ihres langsamen Hinschwindens zu ergründen: sie sind zu offensichtlich.
Da wäre zunächst einmal die Lektüre der Werke von Jaspers, von Gabriel Marcel, von Alexandre Astruc und des Tarifbüros der Staatlichen Eisenbahngesellschaft zu nennen, moderne Ursachen, die allesamt eher eine Verschlimmerung des

Tatbestandes bewirken; das massenhafte Auftreten von Ärzten, Fakiren, Wunderheilern, Hellsehern und anderen Gurus ist ganz ohne Zweifel ein sehr viel gewichtigerer Faktor, der auch längst von so hellen Köpfen wie Molière oder Georges Cogniot bemerkt und vorausgesagt worden ist; zu guter Letzt die Häufung der Anschläge auf die Freiheit der Ausübung eben letztgenannter Funktion, nämlich der der Fortpflanzung (das Virus Daniel Parker, zum Beispiel).
Es gibt eine große Anzahl anderer spezifischer und oft lokaler Ursachen, keine jedoch ist wahrhaft determinierend, denn recht bald hat sich ein Gleichgewicht zwischen den genannten Individuen und ihrer Entwicklung ergeben, das sehr schnell zu einer Symbiose führt. Der wahre, bedeutsamste und einzig determinierende Faktor, der diesen Namen verdient, ist der Krieg oder, was auf das gleiche hinausläuft, die Existenz des Militärs.
Die Nutzlosigkeit des Soldaten ist eine bekannte Tatsache, die in unserem Jahrhundert fortschrittsgeiler Dialektik keiner mehr zu erörtern wagt. Doch beläßt man es häufig dabei, ihm einen neutralen Charakter zu bescheinigen (wo er doch einen strikt negativen besitzt), und mit einem vorwitzigen gedanklichen Rösselsprung schafft man es, ihm gegenüber sogar eine beinahe wohlwollende Haltung einzunehmen: man gibt dem Militärfritzen vierzehn Kompressor-Mercedes, um Wien zu besetzen und um seine Adjutanten damit herumzukutschieren, falls er nicht auf Frauen steht, oder die Frauen seiner Adjutanten, falls er doch auf Frauen steht; man holt sein Gutachten ein über Dinge, von denen er offensichtlich gar nichts versteht (so zum Beispiel Hilfsprogramme für Länder, die durch sein Zutun verwüstet worden sind, usw.).
Im übrigen muß ich zugeben, daß einen nichts so sehr blendet, wie der Anblick jener Militärpersonen, die in geringerer Zahl vorhanden sind als die anderen und die man daran erkennt, daß sie symbolische Schutzverzierung tragen (bei deren Auswahl wohl ein guter Schuß Magie mitspielt), wie etwa

goldene Eichenblätter, Sterne oder gelbe Tressen, die man *galons* nennt, was nichts anderes ist als eine Verschleifung des Familiennamens Ganelon und in allen Ländern, in denen man französisch spricht, soviel wie Verräter bedeutet.
Der Soldat hat die Kunst der Tarnung bis zu einem sehr hohen Grad verfeinert und tritt in sehr unterschiedlicher Erscheinungsform auf, je nachdem, welche Mittel er gerade verwendet, um sein ewiges Ziel zu erreichen, das darin besteht, die Rasse derer auszulöschen, die wir im ersten Absatz dieses Artikels definiert haben, und welche wir für die ideale Rasse halten.* (Der Soldat bringt es in Friedenszeiten durchaus fertig, die Tochter eines männlichen Vertreters besagter Rasse zu heiraten und Heranwachsende zu verführen, um sie in Anstalten der nationalen Illusion zu locken, die Namen wie Saint Cyr, Kriegsakademie oder Polytechnische Anstalt tragen.)
Der Soldat verwendet einen Teil seiner Zeit auf die Ankurbelung seiner Propaganda und die Pflege seiner Verkleidungen, die, wenn er einem »höheren Dienstgrad« angehört, pflichtgemäß ein komplettes Volksvatergewand, eine Befreierausrüstung und eine korrekte Zivilbekleidung mit Mikrophon umfassen.
Eine vollständige Monographie des Soldaten würde hier zu weit führen und den (schwarzen) Rahmen dieses Artikels sprengen. (Dabei kommt mir in den Sinn, daß ich ein anderes Beispiel für ihre bösen Streiche vergessen habe: da haben diese Schlawiner doch in Saumur, dem Hauptanbaugebiet eines bekannten Weins, eine Kavallerieschule gegründet, damit der Genuß des Weins unmerklich eine milde Beurteilung der Schule nach sich ziehe.) Deshalb werde ich hier erst gar nicht versuchen, eine vage Skizze davon zu geben, sondern behalte mir eine genaue Studie für meine alten Tage vor (falls man mir solche läßt). Schließlich wird der zweite Teil des vor-

* Genau an diesem Punkt hat das Engagement des LÜGNERS eingesetzt.

liegenden Versuchs kraft der Dinge eine zumindest rudimentäre Klassifizierung zu leisten vermögen.

II

Da der Soldat also anerkanntermaßen das essentielle Element zur Vernichtung des idealtypischen Menschen ist, stellt sich die Frage, mit welchen Mitteln man ihn am rationellsten vernichten oder ersetzen könnte. (Wobei sich das DDT leider als unwirksam herausgestellt hat, wenn man davon absieht, daß es zum Einstellungsstop für Mottenwächter geführt hat, gegen den Willen der Untergebenen). Die Gesamtheit der ins Auge gefaßten Methoden kann unter folgendem Titel vorgestellt werden:

Kleiner Leitfaden zur Vernichtung des Militärs

Im großen und ganzen gibt es acht gefährliche, drei harmlose und zwei ungefährliche Typen von Militärs.

Die acht gefährlichen sind:

Der Marschall	und Gleichgestellte
Der General	und Gleichgestellte
Der Oberst	und Gleichgestellte
Der Oberstleutnant	und Gleichgestellte
Der Major	und Gleichgestellte
Der Hauptmann	und Gleichgestellte
Der Leutnant	und Gleichgestellte
Der Unterleutnant	und Gleichgestellte

Die drei harmlosen sind:

Der Oberfeldwebel	und Gleichgestellte
Der Feldwebel	und Gleichgestellte
Der Korporal	und Gleichgestellte

Die zwei ungefährlichen sind:
Der Soldat erster Klasse,
Der Soldat zweiter Klasse.

Die Gleichgestellten sind analoge Typen, jedoch jeweils abgewandelt, um im Wasser oder bei der Kavallerie leben zu können: so entspricht zum Beispiel der Großadmiral dem Marschall und der Verpflegungsunteroffizier dem Feldwebel (man merkt schon, wie erfindungsreich kompliziert das System dieser Bezeichnungen ist, und daß es nur dazu dient, Aufruhr und Verwirrung in die Köpfe zu bringen).
Halten wir beiläufig noch fest, daß eine allgemeine Maßnahme gegen alle Angehörigen der Gruppe I, also des Offiziersrangs, darin besteht, sie mit Monsieur anzureden und sie in eine Apotheke zu stecken, wo sie jeder der Reihe nach zu Rezepten erklärt werden. Und so fangen wir, Ehre wem Ehre gebührt, mit dem ersten an:

a) Zerstörung des Marschalls:
Obwohl der Marschall lange Zeit als unzerstörbar gegolten hat, und eigentlich dazu bestimmt ist, an Altersschwäche zu sterben, gibt es doch verschiedene weniger bekannte Mittel, um ihn fertigzumachen:
a) Man nehme ihm seinen Marschallstab weg und gebe ihm dafür einen Polizistenstock.
b) Man ziehe Schlüsse aus der Tatsache, daß der Plural von »ein Marschall« »Marschballen« beziehungsweise »Krautjunker« sind und schicke ihn los, damit er seinen Garten bestellt.
c) Man reiße ihm den Schnurrbart herunter und verbrenne sämtliche Briefmarken, auf denen er abgebildet ist.

b) Zerstörung des Generals:
a) Man lasse ihn einen Krieg führen und verlieren (in diesem Fall nämlich rückt er in einen höheren Dienstgrad auf. Wenn er erst Marschall ist, zerstöre man ihn wie einen gewöhn-

lichen Marschall; dieses Verfahren, »behelmter Jaguar« genannt, kann auf jeden Berufsoffizier angewendet werden, ist aber langwierig und teuer).
b) Genauso wie die Pluralform des Marschalls in Wirklichkeit nicht die ist, die man ihm gewöhnlich gibt, heißt eben auch der Plural von »der General« »Degenerierte« - man braucht nur jeweils zwei davon zu nehmen und sie paarweise ins Irrenhaus zu stecken. - *Blöderweise gibt es immer nur eine ungerade Zahl von Generälen.* (Die kennen den Trick nämlich schon.)
c) Man lasse die anderen einen Krieg führen und sage ihm, er habe ihn gewonnen. Dann diene man ihm die vierzehn Mercedes, deren Achterdeck in drei Teile gesägt ist, in einem gebirgigen Landstrich an.
d) Man gebe ihm ein Elitebataillon zu befehligen, das aus Stammgästen des *Lorientais* und aus jenen Lesern der *Temps Modernes* besteht, die ihr Abonnement aus eigener Tasche bezahlen.
e) Man tue so, als gäbe es ihn gar nicht und übersehe ihn bei der Parade des vierzehnten Juli hochmütig.
f) Man ernenne ihn zum Präsidenten des Verwaltungsrates, oder zum Gouverneur der Kolonien und bitte die Viet-minh, ihn in aller Stille und Behutsamkeit zu liquidieren.
g) Man lasse ihn von einer Vision heimgesucht werden, worin er König der Karmeliter oder Kaiser der Jesuiten wird. Letztere Methode ist lediglich eine Maßnahme zur zweiteiligen Neutralisierung, weil ihm der Papst einfach einen Dispens schickt, wenn es darum geht, dem Nachbarn die Atombombe auf den Schädel zu schmeißen.

c) Zerstörung des Obersten:

Da der Oberst zumeist einen Namen führt, der sich abschrauben läßt, vernichte man ihn zweckmäßigerweise mit jenen Mitteln, deren sich die tapferen Arbeiter in den Flugzeugfabriken bedienen, wenn es darum geht, ein Gewinde zu

vermurksen; also Säure, Schmirgelpulver, Meißelhiebe, Ansägen usw.
Der Oberstleutnant wird auf dieselbe Weise zerstört wie der Oberst, nur mit noch weniger Respekt.
Den »Oberst der Französischen Streitkräfte im Innern«, der zu Résistance-Zeiten immer unkrautartig wuchert, kann man mühelos mittels Fronttrieblern, die zu *booby traps* umgebaut sind, kirre machen.

d) Zerstörung des Majors:
Der Major ist ein etwas aus der Mode geratener Dienstgrad; im allgemeinen steigt man beim günstigen Anlaß eines Guerillakriegs sofort vom Leutnant zum Oberst auf (daher der Nutzen der Übergangsbezeichnung Oberstleutnant). Der Majorsgrad findet auch kaum mehr Verwendung; höchstens noch unter seiner medizinischen Erscheinungsform als Oberstabsarzt. Man vernichtet ihn gemeinhin dadurch, daß man ihm in einer einzigen Nacht siebenhundertneunundzwanzig Amputationen am linken Bein mit einer kaputten Säge beibringt, worauf er sich zur Luftwaffe versetzen läßt und sich dort mit einer modernisierten Bloch aus dem siebziger Krieg zu Tode stürzt.

e) Zerstörung des Hauptmanns:
Man verleihe ihm, ohne daß er es merkt, den Rang eines Feuerwehrhauptmanns und lege überall Brände. In einem davon kommt er um.

f) Zerstörung des Leutnants und des Unterleutnants:
Man lasse sie beide ihren kleinen Offiziersstock aus Bambus, auch Stick genannt, verschlucken, ohne welchen sie absolut ratlos sind und der zusätzlich den Vorteil hat, ihnen den Magen zu durchlöchern, mit anschließenden Komplikationen.

g) Zerstörung der drei Harmlosen:
Man mache sie neurasthenisch, indem man sie zwingt, den ganzen Tag über in die rostzerfressenen Läufe von Feuerwaffen zu schauen; je nach Dienstgrad wähle man ein Maschinengewehr, eine Maschinenpistole oder einen simplen Karabiner.

h) Zerstörung der zwei Ungefährlichen:
Man schließe den Soldaten Erster oder Zweiter Klasse in Gesellschaft eines Zivilanzuges in ein stilles Zimmer ein und öffne die Tür nach fünfundvierzig Sekunden wieder. Es erfolgt ein schlagartiges Ergebnis: das komplette Verschwinden der Militärperson, das sogar endgültig sein kann, vorausgesetzt die Vertreter der elf anderen Typen sind schon vorher beseitigt worden.
Die oben aufgeführten Verfahrensweisen sind selbstverständlich Gegenstand patentamtlicher Untersuchung, deren Ergebnisse dann bei Ch. Lavauzelle & Co. publiziert werden sollen. Es ist leider zu befürchten, daß sie bei wohlmeinenden Kreisen auf einigen Widerstand stoßen werden. In weiser Voraussicht dieser Möglichkeit hat der LÜGNER einen Plan eingehend geprüft (den sogenannten Metro-Plan), der zur Anwendung gelangt, sobald ein Entschluß gefaßt ist.

Schriften über Jazz

Kurzgefaßte Geschichte des Jazz

Es ist heute allgemein anerkannt, daß der Jazz eine Musik ist, die von den Schwarzen erfunden wurde und sich gegen Anfang dieses Jahrhunderts in New Orleans entwickelt hat. Warum in New Orleans? Daß Louisiana Frankreich von Amerika abgekauft worden war, hatte nichts daran geändert, daß in dieser Gegend eine »romanischere« Atmosphäre als im Rest der Vereinigten Staaten überlebte; die Segregation, d.h. die Rassentrennung zwischen Schwarzen und Weißen, war hier etwas weniger rigoros als anderswo, was es den Schwarzen erlaubte, leichter mit der Musik der Zeit in Berührung zu kommen; andererseits verfügte diese große Hafenstadt, wie alle wichtigen Anlegehäfen, über eine Vielzahl von Vergnügungslokalen für die Seeleute, und Musik in Verbindung mit Alkohol und Frauen ist stets als eines der besten Mittel betrachtet worden, demjenigen die Brieftasche zu leeren, der eine hat. Kurz, *New Orleans war eine Art Hauptstadt der Schwarzen*, und es schoß dort auch unvermittelt sein Konservatorium aus dem Boden.

Aber was für ein seltsames Konservatorium!

Unter den ersten Musikern, deren Namen die Geschichte des Jazz erinnert, stehen in guter Position die Trompeter Emmanuel Perez und Buddy Bolden, der legendäre Barbier, der 1931 geistesgestört starb, und der große »Ragtime«-Pianist Tony Jackson. Klavier und Band sind zu dieser Zeit getrennt: die Bands sind vor allem Marschkapellen; die Musiker haben gelernt, ein bißchen auf gut Glück zu spielen, nach Gehör, mit diesem Instinkt für Rhythmus, den sie aus der Zeit ihrer Sklaverei erhalten haben. Es gibt ein sehr entwickeltes Sozialleben: zu den Hochzeiten, zu den Beerdigungen, bei Freimaurer-Zeremonien, zu Picknicks ruft man Bands zusammen, die häufig auf Wagen transportiert werden. Manchmal bleiben zwei rivalisierende Bands in der Stadt hängen und

liefern sich ein echtes Turnier: zum größeren Vergnügen des Publikums.
Der Verstärker ist noch nicht erfunden worden, und sobald eine gewisse Anzahl Leute sich zusammenfindet, braucht's kraftvolle Lungen, um sich Gehör zu verschaffen; im übrigen beruht die Instrumentierung der Zeit spürbar auf der der Fanfaren und Gesangvereine. Der Kontrabaß hat das Bürgerrecht noch nicht erlangt, der Bläserbaß herrscht vor. Das Publikum ist begeistert von der robusten Jovialität dieser frischen, rhythmischen Musik. Schritt für Schritt verfeinert sich der Geschmack, und die Konkurrenzsituation bringt den technischen Fortschritt hervor. Das Klavier wird modern in den »Schuppen« dieser Jahre: den Bordellen des Sperrbezirks Storyville. Gefeierte Bands wurden gegründet, die Olympia Band, in der der Klarinettist Picou und der Trompeter Keppard spielen, die Eagle Band, die Magnolia Band, vom berühmten Joe Olivier gegründet, in der der Posaunist Kid Ory und der Klarinettist Johnny Dodds auftreten. Die Musiker arbeiten, und eine ganze Zahl von ihnen beginnt sich weiterzuentwickeln.
Es ist üblich, die Entwicklung und die Verbreitung des Jazz auf die Schließung des Sperrbezirks 1917 zurückgehen zu lassen. In Wirklichkeit haben seit 1910 große Musiker die Botschaft des Ragtime über ganz Amerika verbreitet; so zum Beispiel Louis Mitchell und seine Seven Spades. Die Schließung Storyvilles beschleunigt den Prozeß lediglich: als Arbeitslose sind -zig Musiker dazu gezwungen, auszuwandern, um Arbeit zu suchen. Wir schreiben 1917. Der Jazz kommt den Mississippi rauf und erreicht bald das Zentrum Amerikas.

Gegen 1920 kommt der Welt das Phänomen Jazz wirklich zum Bewußtsein.
Schmeichelhafterweise für Europa kommt das Verdienst an der Entdeckung seiner Bedeutung durch die Kritiker im wesentlichen Eugène Ansermet und Robert Goffin zu; zur gleichen Zeit wird in Amerika der Jazz grimmig zu Grabe getragen (so kann man durch die Lektüre der Zitate konstatieren, die von Barry Ulanov in seiner »Geschichte des Jazz« veröffentlicht wurden). In Amerika übrigens, an der Wiege des Jazz, ist der meiste Blödsinn über Jazz geschrieben worden. Es sollte hinzugefügt werden, daß seit diesem Zeitpunkt der falsche Jazz den Markt zu überschwemmen begann, während der echte Musik für Eingeweihte blieb, dabei aber feste Wurzeln schlug und sich entschlossene Verfechter schaffte.
Die Zeit von 1920 bis zu unseren Tagen stellt tatsächlich die fruchtbare Periode des Jazz dar; in der Tat besitzt man Aufnahmen von den großen Musikern seit 1920, und es läßt sich über die Stücke urteilen – wobei man natürlich dem Fortschritt in der Aufnahmetechnik und der Tonwiedergabe Rechnung tragen muß.
Was die Geschichte des Jazz in dieser Zeit betrifft, ist sie schon Thema einer enormen Zahl von Veröffentlichungen, und wir können es hier nicht unternehmen, sie zusammenzufassen, sondern wollen uns darauf beschränken, den Leser auf die in der Bibliographie zitierten Werke zu verweisen. Wir werden im folgenden die wichtigsten Musiker nennen und setzen uns dabei zur Aufgabe, das Problem gleichzeitig unter einem historischen und unter einem »nützlichkeitsorientierten« Gesichtspunkt zu untersuchen. Welche kreativen Beiträge haben seit 1900 die großen Musiker zur Geschichte des Jazz geleistet? Auf diese Weise wollen wir seine Entwicklung bestimmen.

Grosso modo läßt sich die Zeit von 1900 bis 1956 in fünf Epochen gliedern:

1900–1917

Geburt des Jazz. Entwicklung der kollektiven Improvisation (New-Orleans-Stil).

1917–1935

Höhepunkt und Niedergang des New-Orleans-Stils. Aufkommen von Solisten, Arrangeuren, Big Bands und Studiogruppen.

1935–1943

Höhepunkt der »Swing«-Big Bands. Solisten erreichen den Rang von Virtuosen. Erste Spuren der Reaktion.

1943–1955

Entwicklung und Höhepunkt eines neuen, »bop« genannten Stils. Wiederkehr des New-Orleans-Stils. Erscheinen des Phänomens »cool« und einer Musik, die von reinen Technikern gemacht wird.

1955 – *und dann?*

Derzeitige Epoche – ohne Kommentar; das wäre etwas verfrüht.

Diese Daten sind nicht zufällig ausgewählt worden; obwohl natürlich jede Epoche in die folgende und die vorhergehende hineinreicht, geben wir hier ihre Bedeutung:

1900 wurde Louis Armstrong geboren.

1917 ist das Datum der ersten, Jazz genannten Aufnahme von der »Original Dixieland Jass Band«.

1935 ist das Jahr der Triumphe der Swing-Big-Band von Benny Goodman.

1943 stirbt der große Jazzpianist Fats Waller.

1955 stirbt der Altsaxophonist Charlie Parker.

Untersuchen wir im einzelnen, was jede dieser Epochen dem Jazz gebracht hat.

1. Periode 1900–1917
Geburt und Entstehung der kollektiven Improvisation

Für eine gewisse Zahl Liebhaber und zurückgebliebene Kritiker gibt es außerhalb der kollektiven Improvisation, die den »New-Orleans« genannten Stil charakterisiert, kein Heil. Ihnen zufolge ist dies die Quintessenz des Jazz, das ist Jazz in seiner reinsten Form. Nun wird man aber nicht umhin können, bei genauerem Hinsehen zuzugeben, daß, wenn die großen N.O.-Musiker eine aufregende Musik geschaffen haben, dies vielmehr *entgegen ihrer Unreinheit* geschah.

Der primitive Jazz nährt sich aus entliehenen Folklore-Elementen, Kirchengesang, Tanzmusik und gerade modischen Marschmusiken. Das ist es übrigens, was seine Robustheit beweist: es braucht schon einen soliden Magen, um ein solches Ragout zu verdauen. Und was ist denn auch dabei? Von einem Schriftsteller ist nie verlangt worden, er solle ein neues Alphabet oder ein Lexikon erfinden. Man vollbringt eine schöpferische Leistung, wenn man auf originelle Weise alle verstreuten Elemente verknüpft.

Pfui also auf den Mythos der Reinheit.

Der N.O.-Jazz ist im wesentlichen eine 4taktige Musik, deren origineller Charakter sich auf die *kollektive Improvisation* gründet.

Daß dies, wie einige sagen, aus der Unfähigkeit der ersten Jazzmen, Noten zu lesen, entstanden sei, was sie dazu zwang, nach Gehör zu spielen (man nannte sie »fakers«, Falschspieler), das ist möglich; sicher ist auf jeden Fall, daß man von dieser Zeit an unter den Schwarzen bemerkenswerte Musiker fand, wären es auch nur die Ragtime-Komponisten.

Sicher ist zudem, daß kollektiv improvisiert wird. Man ruft aus: Kein Wunder, daß das solche Mißklänge ergibt!

Nicht so eilig.

Die traditionelle New-Orleans-Formation, die häufig auch als Marschkapelle spielt, gestattet:

- ein Kornett (oder eine Trompete oder ein Bügelhorn)
- eine Posaune
- eine Klarinette
- eine Rhythmusgruppe, die sich aus einem Schlagzeug, einem Banjo und einem Bläserbaß zusammensetzt. Wenn es sich um eine feste Band handelt, kommt manchmal ein Klavier dazu.

(Unnötig hinzuzufügen, daß diese Zusammenstellung nichts Absolutes an sich hat, und daß diese Tradition nur im Kopf der Traditionalisten eine ist; man kann aber sagen, daß man sie häufig antreffen kann; was ja schon mal gar nicht so übel ist.)

Das zu interpretierende Thema kann ein Blues sein (eine Reihe von 12 Takten, die einer festgelegten harmonischen Progression folgt), ein Marsch, ein Schlager, der gerade in Mode ist, usw. Ein typisch amerikanischer Song (heutzutage sind die französischen Erfolgsschlager häufig genauso aufgebaut) ist im allgemeinen in Form eines 16taktigen Couplets und eines 32taktigen Refrains aufgebaut, der sich in vier mal 8 Takte zerlegen läßt. (Die Formen AABA oder ABAB sind die verbreitetsten; in der ersten nennt man die acht B-Takte »bridge«.) Die New-Orleans-Bands verwenden oft den Ragtime, in meist komplizierterer Ausführung, in dem Sinne, daß mehrere Themen im gleichen Stück aufeinander folgen. Die üblichen 32 Takte sind dort oft gewürzt mit Reihen von 12 Blues-Takten.

Sobald das Thema festgelegt ist, verteilen sich die Stimmen auf die folgende Weise.

Die Trompete führt das Spiel, wobei sie sich wenig vom ausgeführten Thema entfernt.

Die Klarinette liefert ihr in hoher Tonlage einen verschlungenen Gegengesang.

Die Posaune führt in den tiefen Tönen einen Gegengesang aus, bei dem sie oft die Rolle der Melodiegrundlage übernimmt.

Die Rhythmusgruppe verschafft dem Ganzen ein regelmäßiges Pulsieren, das mit einfachen Synkopen verziert ist. (Der zweite und der vierte Schlag jedes Taktes erhalten einen deutlichen Akzent.) Gleichzeitig liefert die Rhythmusgruppe den Melodikern die Harmonien, auf denen jeder seinen eigenen Part aufbaut.

Das ist es, was man kollektive Improvisation nennt; man sieht, daß es sich um eine begrenzte Improvisation handelt, da man im Rahmen sehr einfacher Harmonien verbleibt, deren Aufeinanderfolge den Spielern vollständig vertraut ist. Wie der unsterbliche Agénor Fenouillard gesagt hätte, der Erfolg des Ganzen hängt vom Talent jedes einzelnen Interpreten und vom Grad ihrer Einstimmung aufeinander ab; aber man stellt doch fest, daß es sich um eine sehr direkte, sehr ehrliche Musik handelt, die aus diesem Grunde den Neulingen ebenso zugänglich ist. Unglücklicherweise oft auch dann, wenn sie mittelmäßige Musiker vor sich haben: die Befriedigung darüber, zu »verstehen«, bringt sie um jeden kritischen Verstand. In Wirklichkeit ist ein gelungenes Kollektiv selten, und diejenigen, die sich am N.O.-Stil versuchen, wissen das wohl, diejenigen, die Note für Note die Meisterwerke der alten Meister abschreiben …

2. *Periode 1917–1935*

Höhepunkt und Niedergang des N.O.-Stils. Erscheinen der Solisten, Arrangeure, Big Bands und Studiobands. Erste weiße Bands.

Wie schon gesagt, hängt der Erfolg eines guten N.O.-Kollektivs vom Talent der Interpreten ab. Es ist schwierig, Männer zu finden, deren Talente genau im Gleichgewicht zueinander stehen, und, wenn man das einmal als erreicht annimmt, ist es schwierig, die Band unter diesen Bedingungen zu erhalten: sobald jeder das Talent zum Solisten hat, ist man auch an dem Punkt angelangt, sich eine eigene Gruppe zu wünschen. Daher kommt das unvermeidliche Auftauchen von Bands, die um eine dominierende Persönlichkeit konzentriert sind. So macht die traditionelle kollektive Improvisation dem Solo mit Begleitung Platz. Das soll nicht heißen, daß es das Solo vorher nie gegeben hätte; es gibt alle Abstufungen zwischen dem echten Kollektiv und dem begleiteten Solo... Es gibt sogar Beispiele für Soli ohne jegliche Begleitung (Hawkins, aufgenommen von Norman Granz).

Auf diese Weise entfernt sich eine Gruppierung wie die Armstrongs, obwohl immer noch im Geiste des New-Orleans-Jazz, von 1925 bis 1927 von der »Kollektiv«-Formel, um bewundernswerte Solo-Improvisationen zu hinterlassen.

Parallel zu dieser Veränderung des traditionellen Stils gibt es eine andere Lösung, um die Abwesenheit melodischer Improvisation durch einige Spieler der Band zu überspielen; sie besteht darin, von einem Mann großen Talents die Stimmen für alle Musiker schreiben zu lassen.

Diese Lösung (die vor einiger Zeit schon von den klassischen Musikern entdeckt wurde) entwickelte sich in der Welt des Jazz erst seit den 20er Jahren. Es versteht sich von selbst, daß sie nur unter der Bedingung zu verwirklichen war, daß man über Musiker verfügte, die Noten lesen konnten; und abgesehen von den Pianisten waren die große Mehrheit der Jazzmen bis zu dieser Zeit musikalische Analphabeten, was ohne jeden abwertenden Gedanken gesagt ist: ein musikalischer Instinkt wie der des französischen Gitarristen Django Reinhardt, auch er ein Analphabet, genügte vollauf, um einen genialen Solisten aus ihm zu machen, beschränkte ihn aber notwendigerweise auf das Solo, es sei denn bei enormen Komplikationen – siehe seine Messe.

Da die gespielten Themen im gleichen Genre bleiben, erlebt man also die Geburt des geschriebenen Arrangements und den Auftritt einer neuen Figur, des Arrangeurs, der sehr häufig die Band auch dirigiert.

Die Band wird erweitert und zerfällt in Abteilungen: Abteilung Blechbläser (Trompeten und Posaunen), Abteilung Holzbläser (Saxes und Klarinetten), Rhythmusgruppe (Schlagzeug und Percussion, Gitarre, Baß und Klavier).
Die ersten großen Arrangeure sind Jelly Roll Morton, Fletcher Henderson und Duke Ellington. Alle drei dirigieren ihre eigene Band.
Man wird daraus hoffentlich nicht schließen, daß die Tatsache, über eine geschriebene Partitur zu verfügen, genügt, um egal welchem technisch guten Spieler eines Instruments das Jazzmachen zu ermöglichen.
Es ist tatsächlich fast unmöglich, ohne extreme Kompliziertheit die »Art« zu notieren, wie man eine geschriebene Stimme zu spielen hat; man verwendet also konventionelle Zeichen, und nur ein Musiker, der völlig über die Jazztradition Bescheid weiß, kann eine Jazz-Instrumenten-Stimme korrekt spielen. Das ist so weit gegangen, daß man auf einem Arrangement lesen konnte: *»Schwerfällig wie ›Yes, indeed!‹«* (*Yes, indeed!* ist ein Arrangement, das Sy Oliver für die Tommy Dorsey Band schrieb und das in der Tat ein sehr charakteristisches Tempo hat. Ganz offensichtlich muß man es kennen, um die Notation zu verstehen!)
In der klassischen Musik ist es nicht anders; nur ist die Rolle des Dirigenten dort noch entscheidender; von ihm hängt die Natur der Interpretation ab, mehr als im Jazz, wo sie eher dem Arrangeur als dem Bandleader unterliegt (die übrigens oft verwechselt werden).
Aber da wir uns mit dieser Periode der Jahre 17–35 beschäftigen, halten wir fest, daß sich nach dem Vorbild der großen schwarzen Musiker einige Weiße bemühen, Jazz zu spielen. Ohne von der lächerlichen Orchesterformation Paul Whitemans sprechen zu wollen, die der Prototyp der falschen Jazzband ist (und ebenso zur Verwirrung der europäischen Vorstellung von Jazz beitrug wie zu derjenigen der Amerikaner selbst), trifft man mit Bix Beiderbecke, Jimmy McPartland,

Muggsy Spanier, Joe Sullivan usw. eine bemerkenswerte Qualität an. Weisen wir schließlich auf ein merkwürdiges Phänomen hin, das des Auftauchens von Phantom-Bands, die nur für Aufnahmen zusammenkamen und die es nur auf Schallplatte gibt (Hot Five von Armstrong, Gruppen von Fats Waller).

3. 1935–1943
Höhepunkt des »Swing« – Virtuose Solisten – Die Reaktion

Die Big Band ist, wie man gesehen hat, in der Periode 17–35 entstanden, und wir haben die drei berühmtesten Namen genannt. Zwei neue Tatsachen sind in der Zwischenzeit auf dem Gebiet der Technik aufgekommen: die Entwicklung der elektrischen Aufnahme und die tolle Erfindung des Radios. Die Nachfrage nach populärer Musik ist kolossal; und es ist nun so, daß die amerikanische populäre Musik im wesentlichen, wie der Jazz, eine 4taktige Musik ist, was dem Jazz den Durchbruch beim großen Publikum erleichtern wird. Es gibt jedoch einen extrem starken Rassismus in den USA, und so haben die weißen Musiker und Bands einen viel leichteren Zugang zum Radio als die Schwarzen.
Es wird deshalb nicht verwundern, daß die Jahre 35–40 im Bewußtsein der Öffentlichkeit von den Namen der weißen Big Bands beherrscht werden, während im Bewußtsein des Spezialisten diese berühmten Gruppen *buchstäblich nicht existieren* neben den schwarzen Gruppen und Musikern. Nennen wir trotzdem Benny Goodman, zu dessen Hauptverdiensten es gehört, in seine Band einige große schwarze Musiker aufgenommen zu haben – ein auf Dauer ziemlich ausgekochtes Verdienst, denn eine ganze Zahl seiner Schallplatten taugen bloß wegen der Soli dieser Musiker was. Nennen wir noch Glenn Miller, der einen Gutteil seines neuerlichen Aufholens in der Publikumsgunst seinem tragischen Ableben im

Einsatz während des letzten Krieges verdankt. Diese beiden Bands haben zahlreiche Punkte gemeinsam: sie sind exzellente Mechaniker, ein wenig farblos, die mit Präzision oft sehr gute Arrangements ausführen. (Benny Goodman pflegte sich oft der Dienste Fletcher Hendersons, Mary Lou Williams' und anderer großer schwarzer Arrangeure zu bedienen.) Das ändert jedoch nichts daran, daß, obwohl diese beiden Namen die Szene beherrschen, ihre Aufnahmen hundertmal weniger wert sind als die der großen schwarzen Leaders der Zeit, Duke Ellington, Jimmy Lunceford, Count Basie, Chick Webb und oft sogar Cab Calloway.

Alle diese Bands haben ein Repertoire aus relativ komplizierten Arrangements, die mit Blick darauf geschrieben sind, ein Maximum an »Swing« zu erzielen, die manchmal vor lauter »riffs« (Count Basie) wimmeln, und die den Solisten eine recht wichtige Rolle beimessen, welche jedoch auf kurze Improvisationen (von 8, 16 oder 32 Takten, selten mehr) beschränkt ist. Es ist diese Rolle der Solisten, die die Bands von damals von jenen unterscheiden, die kürzlich versucht haben, ihren Stil wiederzuerschaffen. Eine Gruppe wie die von Billy May, die schamlos die Lunceford-Atmosphäre kopiert hat, unterscheidet sich von dieser durch den mechanischen Charakter ihrer Ausführung, der, um sie hochzuziehen, solche Solisten von Klasse fehlen, wie es Willie Smith, Trummy Young, Sy Oliver usw. waren.

Aus allen »Swing«-Big-Bands der Periode 35–43 ragt, wie immer, die von Duke Ellington heraus. In Wirklichkeit muß man Ellington immer in einer eigenen Kategorie unterbringen. Der Reichtum und die Farbigkeit seiner Arrangements und die unvergleichliche Breite seiner »Tonpalette« machen aus ihm ein einzigartiges Wesen in der Welt des Jazz. Die Solisten, die er herausgebracht hat, sind selten in einer Big Band überboten worden.

Die Rolle des Arrangeurs, muß ich es wiederholen, ist schon zu dieser Zeit grundlegend wichtig, und dies wird sich nur im

Laufe der Entwicklung der Big Band verstärken, eine Entwicklung, die sich noch in unseren Tagen fortsetzt.
In rhythmischer Hinsicht ist die Periode 35–43 die große Zeit des »four to the bar«, vier gleiche Schläge pro Takt.

4. Periode 1943–1955
Der »bop«. Das Revival. Der »cool«. Die »Progressisten«.

Wie der Kritiker Leonard Feather in »Inside Bebop« bemerkt, befand sich der Jazz gegen 1940 auf einer enormen kommerziellen Woge. Dies sind seine eigenen Worte, die die Situation sehr klar darstellen:
»Die ganze Phantasie der Arrangeure und der Solisten dieser Zeit kann die Tatsache nicht verbergen, daß die gigantische Welt des Jazz, mit ihren Millionen Noten, die jeden Abend von Tausenden von Musikern überall in der Welt gespielt wurden, vollständig auf einem begrenzten Gebrauch der zwölf Noten der chromatischen Tonleiter beruhte:
Der Jazz war auf Durakkorden, Mollakkorden der Septime und verminderten Septimen von jeder dieser zwölf Noten aufgebaut; fügen wir ihnen noch die erhöhten und verminderten Akkorde und hie und da eine erhöhte Septime hinzu, und noch einige sehr reduzierte Varianten; im Rhythmus ließ sich der Jazz auf einige einfache Synkopen zurückführen, die sich auf das unveränderliche Vier-Schläge-pro-Takt-Prinzip gründeten.«
Unbewußt durch diese Grenzen beeinträchtigt, die es, wie man zugeben muß, in der klassischen Musik nicht gibt, machten sich einige junge und wagemutige Musiker auf die Suche nach Neuem. Der Saxophonist Lester Young war einer der ersten gewesen, der die Konventionen brach; er hatte sich an das Problem der Klangfarben gemacht. Der Stil beim Tenorsaxophon wurde von Coleman Hawkins bestimmt, der mit einer runden, warmen und leidenschaftlichen Klang-

farbe spielte; Lester Young entlockte seinem Instrument eine ganz andere Art Musik; scheinbar blaß und flach, mit seltsam abgehackten Phrasierungen, eröffnete sein entspanntes und diskretes Spiel merkwürdige Horizonte. In der Kneipe eines ehemaligen Sax, Henry Minton, kristallisierten sich die Versuche mehrerer junger Spieler und führten zu aufregenden Entdeckungen. Der Gitarrist Charlie Christian, der Drummer Kenny Clarke, der Trompeter Dizzy Gillespie, der Pianist Tadd Dameron und ein junger Altsaxophonist aus Jay McShauns Band, Charlie Parker, und schließlich Thelonious Monk, eine seltsame Figur des Jazz, der auch ein einzigartiger Pianist ist, können als die ersten betrachtet werden, die die Etappe durchschritten, die zum heutigen Jazz führen sollte. Und was ist nun der »bop«?

Den »bop« an sich gibt es nicht; die ewig nach Modewörtern gierigen Journalisten haben eiligst dieses Etikett auf sehr unterschiedliche Dinge geklebt, und so hat die Verwirrung Einzug gehalten. (Die Journalisten schätzen die Verwirrung sehr, da sie ihnen erlaubt, ihre völlige Ignoranz von Themen zu verbergen, die sie, völlig unqualifiziert dazu, abhandeln; natürlich bilden alle unsere Freunde die Ausnahme zu dieser Regel!)

Wenn man unbedingt irgend etwas unter das Etikett schieben will, kann man sagen, daß die Musiker der neuen Schule

1) in der reinen Tradition des Jazz verblieben, wobei sie hauptsächlich auf den Blues zurückgriffen, und das sehr oft, aber:

2) Abweichungen und harmonische Variationen in der Folge der traditionellen Bluesakkorde einführten, oder der Akkorde, die ihnen als Thema dienten,

3) die Unabhängigkeit der von der Rhythmusgruppe geschaffenen Rhythmen entwickelten, um so zu einer Polyrhythmie zu kommen. (Kenny Clarke nennt die Eigenschaft, die seiner Meinung nach ein moderner Schlagzeuger besitzen muß, »koordinierte Unabhängigkeit«.) Paradoxerweise

kamen sie dabei teilweise zum »two-beat« des New-Orleans-Stils zurück.
Was die »bop«-Phrasierung betrifft, halten wir augenblicklich fest, daß sie die vulgarisierte Form der Originalphrasierung der großen Erfinder, Clarke, Parker und vor allem Dizzy Gillespie ist. Daß sie so weitgehend und umgehend imitiert wurden, ist nur ein Beweis für die Schnelligkeit, mit der musikalische Ideen dank Radio und Schallplatte verbreitet wurden.
Alle melodischen, harmonischen und rhythmischen Gedankenblitze der Schöpfer der 40er Jahre sind einverleibt, verdaut, notiert worden und haben einen neuen Arrangement-Stil hervorgebracht; auf diese Weise sind Arrangeure von ganz großer Klasse hervorgetreten, wie Walter Fuller, John Lewis, Tadd Dameron.

Der »cool«

Ist das, was man »bop« nennt, die einzige Neuerung dieser Periode?
Weit gefehlt. Es folgt der »cool«.
»Cool« (frisch) ist ein Wort, das als Gegenteil von »hot« (heiß) gewählt wurde, welches ein häufig auf die Musik der 20er bis 40er Jahre bezogenes Epitheton war.
Das bezeichnet im Grunde vor allem eine Weiterentwicklung der Klangfarbe.
Die Klangfarbe der ersten Jazzmen ist vom klassischen Klang sehr weit entfernt, vor allem was die Blechbläser und die Saxophone betrifft; die ersteren, die von der ernsten Musik als nicht-expressiv betrachtet wurden, haben in den Händen der Jazzmen eine sehr bemerkenswerte Expressivität erlangt.
Die 40er und 50er Jahre reagieren gegen die Vehemenz und den Lyrismus, indem sie zu einer matteren Klangfarbe kommen, scheinbar farbloser, die es aber erlaubt, die größere

Komplexität der interpretierten Musik besser hervorzuheben. Die Virtuosität hat ihre Schwierigkeiten mit volltönenden Vibrati und voluminösen Klangfarben. Das Timbre eines Miles Davis auf der Trompete bricht so vollständig mit dem eines Armstrong.
An der Klassik gebildete, inspirationslose, aber mit solider Technik versehene Musiker haben sich darauf gestürzt wie das Glück auf die Wagemutigen, aber sie haben nur einen äußerst langweiligen falschen Jazz produziert, dessen Beispiele wir nach Möglichkeit vermeiden wollen... Es ist eine durchgehende Erscheinung, daß falsche Künstler sich einbilden, die Form zu kopieren, sei das Mittel, um zur Kunst zu gelangen. Kommen wir besser nicht auf diesen traurigen Irrtum zurück, und werfen wir die Imitatoren aus dem Fenster.

Mahalia Jackson

Die größte Gospelsängerin der Welt

Mahalia Jackson hat den Titel »Größte Gospelsängerin der Welt« errungen, und dieser Titel ist nicht angemaßt. Der Gospelgesang, oder protestantischer Kirchengesang, ist eine der authentischen Quellen des Jazz. Die Umwandlung der traditionellen protestantischen Kirchenlieder in eine absolut neue Kunstgattung durch die amerikanischen Schwarzen hat Interpretationen hervorgebracht, die von den europäischen Kirchenliedern, wie wir sie kennen, scheinbar weit entfernt sind, aber es wäre ein Irrtum, darin mangelnden Respekt zu sehen. Es ist vielmehr ein völlig natürlicher Instinkt, verbunden mit fehlenden Kenntnissen in klassischer Musik, die die Neger zum »negro spiritual« geführt hat, und sie geben ihm im Gegenteil einen Schwung, eine Glaubenskraft, die häufig den klassischen Interpreten dieser oft naiven Melodien fehlen, die einfache und melodiöse Themen haben und sich gar nicht besser für die Phantasie und rhythmische Erfindungsgabe der schwarzen amerikanischen Bevölkerung eignen könnten.
Über ihre Qualitäten als Interpretin hinaus, Qualitäten, die sie im Laufe ihrer langen, ausgefüllten Karriere entwickelte, hat Mahalia Jackson eine Gabe mitbekommen – vom Himmel zweifellos –, die ihr allein eigen ist: eine absolut außergewöhnliche Stimme von bewundernswerter Reinheit und ebensolchem Timbre, die auch bei Aufnahmen all ihre Wärme und Präsenz bewahrt. Trotz der Fortschritte in der Hi-Fi-Technik werden manche Künstler noch vom Mikrofon verraten und »kommen nicht rüber« auf der Platte. Das ist bei Mahalia Jackson nicht der Fall, die schwarze Rille gibt sie unversehrt wieder.
Mahalia Jackson ist tiefgläubig. Obwohl ihre Stimme für den Jazz – und insbesondere den Blues – wie geschaffen scheint,

hat sie sich immer geweigert, den Bereich des »Gospel« zu verlassen, und will auf diese Weise dem Gott dienen, in den sie all ihr Vertrauen gesetzt hat. Das macht nichts: Gläubige wie Atheisten können gar nicht anders, als von ihrer Ehrlichkeit heftig bewegt zu sein, und der einfache Liebhaber schöner Musik wird, selbst wenn er die Worte nicht versteht, in der Tiefe seines Herzens von den einzigartigen Fähigkeiten dieser Künstlerin berührt sein.

Count Basie

Count Basie wurde im August 1906 in Redbank, New Jersey geboren. Er lernte als kleiner Junge Klavierspielen, und sobald er mit der Schule fertig war, spielte er in verschiedenen Ensembles, bevor er sich 1930 in Kansas City niederließ. Er wurde zunächst von Walter Page, dann von Bennie Moten engagiert, dem er später die Unterstützung bei einer seiner Kompositionen verdankte. 1935 bildete er eine eigene Gruppe, in der insbesondere der Trompeter Buck Clayton, der Schlagzeuger Joe Jones und der Tenorsax Lester Young spielten; Young sollte mit seinem Stil die ganze derzeitige Generation von Jazzmusikern prägen. Im Herbst 1936 fing das Orchester Count Basie an, sehr bekannt und von Jazzliebhabern sehr geschätzt zu werden. Seither hat er unablässig zu den Besten gehört, denn er kreierte einen äußerst charakteristischen Big-Band-Stil. Sein Orchester, das einige Kritiker mit einem Kraftwerk (Powerhouse) verglichen haben, hat immer eine der fabelhaftesten Rhythmusgruppen der Jazzgeschichte gehabt, in deren Reihen man insbesondere den Gitarristen Freddy Green finden konnte, der auch jetzt noch dabei ist.

Der Stil Count Basies ist sehr eigentümlich und leicht wiederzuerkennen. Er gebraucht seine linke Hand anscheinend sehr wenig, und seine rechte Hand schlägt in seinem eindringlichen Stil einzelne Noten, kleine Arpeggien und Akkorde an, mit denen er das Orchester in Schwung zu bringen scheint. Seine Arrangeure, die sich bewundernswert dem Stil seiner Musiker angepaßt haben (von denen selbst einige Arrangeure sind), haben einen Stil eingeführt, der von rhythmischen Kurzformen (riffs) überquillt, mit unheimlich viel Swing gespielt wird und unwiderstehlich singt.

Die 10 Stücke, die wir hier präsentieren, stammen vom November 1939 und März 1940. Sie vermitteln eine Vorstellung von dem Orchester zu einem Zeitpunkt seiner Karriere, den eine Anzahl Kritiker als seinen Höhepunkt betrachten. Man hört da sehr häufig Lester Young, und unter den Ausführenden sind die Namen großer Solisten wie Harry Edison und Dicky Wells hervorzuheben, um nur von denen zu reden, die noch nicht erwähnt sind. Und nun, Tonabnehmer ab, die »Fabrik« legt gleich los.

Erroll Garner

Erroll Garner hat im Alter von drei Jahren am Klavier angefangen, er spielte nach Gehör auf einem alten Klavier Melodien, die er hörte, und er hat zum ersten Mal mit Musik Geld verdient, als er, sieben Jahre alt, im Radio Pittsburgh mit den »Candy Kids« eine Sendung machte. Er verspürte nie das Bedürfnis, das Klavierspielen auf die akademische Art zu lernen, und er verfolgte seine Karriere nicht wie eine V 2, die mit einem Schuß in den Wolken ist, sondern langsam und schrittweise, bis er schließlich in den vordersten Reihen angelangt war – sowohl musikalisch als auch finanziell.

Garner hat bei unzähligen Plattenfirmen Aufnahmen gemacht, jetzt aber arbeitet er exklusiv für Columbia-Philips, und er gehört zu den Künstlern, die nicht zögern, Neuaufnahmen ihrer eigenen Erfolge zu machen und so mit sich selbst in Wettstreit zu treten... wobei sie immer als Sieger aus dem Turnier hervorgehen. Garner hat in der Tat nie aufgehört, besser zu werden, und die vorliegende Platte liefert dafür einen neuen Beweis. Musik, die zum Hören ebenso geeignet ist wie zum Tanzen, und ein grundlegendes Werk, das die Liebhaber, die nicht mehr unschuldig sind, zum kleinen Schatzkästlein hinzufügen werden, das der wunderbare Pianist der Welt der Jazzliebhaber bereits geschenkt hat; diese Platte ist ein vollkommenes Beispiel für den Reichtum dieses schönen Instruments, zu dem das Klavier unter den Händen eines echten Jazzman wird, und sie stellt eine perfekte Einführung in den Jazz dar. Sie umfaßt melodiöse Themen wie *Cheek to Cheek* oder *Out of Nowhere* und gute alte Jazzklassiker wie *Sweet Sue* oder *Please don't talk about me*; sie enthält sogar einen europäischen Hit, der in die USA auswanderte, *La Petite Valse*, und Sie werden sehen, was unter den Händen Garners aus ihm wird. Wie Jelly Roll Morton, dieser andere große Pianist, der heute tot ist, sagte: Alles mögliche kann als Jazz gespielt werden... Hauptsache, man weiß, worum's sich dreht.

Und das weiß Garner. Er hat einen absolut persönlichen Stil am Klavier entwickelt, einen Stil, den man nach den ersten Akkorden erkennt. Da findet man faszinierende, Stakkato gespielte Akkorde, ein unnachahmliches Pulsieren und die überquellende Phantasie des Königs der 88 Tasten, nuanciert von einem soliden Humor. Es scheint unglaublich, daß der Musiker, der sich in diesen zehn Stücken mit solchem Enthusiasmus austobt, keine Noten lesen kann, aber Garner teilt diese Besonderheit mit unserem betrauerten Django Reinhardt. Übrigens erscheint jegliche Überlegung dieser Art völlig sinnlos, sobald sich Garner ans Klavier setzt und die Musik davonfliegen läßt. Manchmal verzögert seine rechte Hand absichtlich etwas gegenüber der linken – untrügliches Markenzeichen für das entspannte Spiel Errolls –, und welche Variationen er auch immer zu einem Thema sich entspinnen läßt, er entfernt sich niemals in enormem Maße davon. Ein Kritiker des TIME-Magazins hat in einem Kommentar seines essentiell einfachen Spiels schreiben können: »Die Harmonie des Ergebnisses ist derart, daß neben Garner alle anderen Pianisten mal flach, mal wie Aufschneider wirken.«

Die Frische und die Einfachheit des Garner-Trios sind getreue Spiegelung seines musikalischen Konzepts. Garner hat in Bands gespielt und in Gruppen, die bedeutender waren als sein Trio; aber er findet, daß mit der einfachen Unterstützung des Basses, und des Schlagzeugs sein Spiel klarer und deutlicher herauskommt. Das ist ganz besonders richtig, wenn der Baß Wyatt Ruther heißt und das Schlagzeug J. C. »Fats« Heard – die Sie hier hören können. Aber es ist Zeit, daß Sie selbst urteilen.

Louis Armstrong and his Hot Five

Louis Daniel Armstrong erblickte am 4. Juli 1900 in New Orleans, Louisiana, das Licht der Welt. Noch ganz jung spielte er mit den Bands von Bunk Johnson und Kid Ory, nachdem er begonnen hatte, in der Erziehungsanstalt Trompete zu lernen, in die ihn ein kleines Vergehen gebracht hatte. Satchelmouth oder Satchmo war sein Spitzname (was in etwa Spardosenklappe bedeutet), und Armstrong lernte so schnell die Beherrschung seines Instruments, daß er es war, der Joe Oliver, den König des Horns, ersetzte, als der nach Chicago aufbrach. Er spielte in verschiedenen New-Orleans-Bands. Ab 1919 arbeitete er auf Mississippi-Riverboats in der Band von Fate Marable. 1922 nahm ihn King Oliver als zweites Kornett in seine berühmte Creole Jazz Band in Chicago auf. Im folgenden Jahr machte Louis seine ersten Aufnahmen mit Oliver, verließ ihn dann 1924, um sich der Gruppe von Fletcher Henderson in New York anzuschließen. Von diesem Augenblick an machte Louis, der in Jazzkreisen schon berühmt war, ohne Unterbrechung Plattenaufnahmen unter seinem eigenen Namen und spielte mit den bekanntesten Bands. Im Jahre 1927 hatte er seine erste eigene Gruppe zusammen, und etwa ab diesem Zeitpunkt wurde seine Berühmtheit weltweit. Sie hat sich seither nur vergrößert, und die Zahl seiner Bewunderer ist zweifellos die größte, die sich ein Jazzkünstler je hat erträumen können.

Armstrong hat mit seinem Stil fast alle Trompeter seiner Generation beeinflußt. Er hat diesem Instrument ein Timbre, einen Klang, eine Kraft entlockt, wie es keinem anderen vor ihm gelungen war. Man kann mit Hilfe seiner Schallplatten die Entwicklung verfolgen, die sein Spiel seit seinen Anfängen genommen hat. Dieses Spiel hat sich in dem Maß verfeinert, wie Louis die Reife erlangte, die für große Musikschöpfer so günstig ist. Er hat unzählige Tourneen außerhalb

Amerikas gemacht und bringt verzauberte Menschenmengen in den Zustand entrückter Bewunderung.
Die Aufnahmen, die wir hier präsentieren, stammen aus den Jahren 1925 bis 1927. Die Musiker, die dabei mitwirken, haben nie ein festes Ensemble gebildet, sondern waren nur das, was man ein Ensemble für Plattenaufnahmen nennt. Es sind: Louis Armstrong (Trompete und Kornett), Johnny Dodds (Klarinette), Kid Ory (Posaune), Lil Hardin (Klavier) und John Saint-Cyr (Banjo). Johnny Dodds, heute verstorben, ist immer als Spezialist des New-Orleans-Stils auf der Klarinette betrachtet worden. Lil Hardin, die später Louis Armstrongs Frau werden sollte, heute sind sie geschieden, ist dem französischen Publikum wohlbekannt, denn sie hat lange in Paris gelebt.
Die zehn ausgewählten Titel, die diese Platte bringt, brauchen keinen Kommentar. Sie zählen zu den Aufnahmen, die alle Kritiker ohne Ausnahme unter die unbestrittenen Klassiker des Jazz einordnen. Sie müssen den Grundstock jeder ernsthaften Plattensammlung bilden, und aus diesem Grunde empfehlen wir Ihnen, sie sich mit der größten Sorgfalt anzuhören.

Aufnahmedaten:
Gut Bucket Blues und *Yes, I'm In The Barrel,* 12. November 1925;
Muskrat Ramble, Heebie Jeebies, Skid-Dat-De-Dat und *Cornet Shop Suey,* 26. Februar 1926;
The Last Time, 6. September 1927;
Struttin' With Some Barbecue und *Got no Blues,* 9. Dezember 1927;
Hotter than that, 13. Dezember 1927.

Miles Davis

Diese Auswahl markiert die Anfänge von Miles Davis bei Philips. Und natürlich ist sie vom Miles Davis Quintett aufgenommen worden, einer festen Gruppe, die sich 1955 zusammentat und die heute zu den beliebtesten beim Publikum der aktuellen Jazzszene gehört, wie es der Empfang beweist, den Miles jedes Mal erhält, wenn er auf der Bühne erscheint.

Miles selbst ist Stück für Stück eine große Figur der Moderne geworden. Während seiner ersten Berufsjahre hatte er oft im Schatten Dizzy Gillespies gestanden, obwohl sein Spiel – verständlicherweise etwas von dem Dizzies beeinflußt – von dem des älteren recht verschieden war. In der Folge legte sich Miles Schliff und Sicherheit sowie ein breiteres Publikum zu, und er ist schließlich an der Spitze der Jahresumfragen angelangt.

Sein Spiel ist charakterisiert durch die nervöse Phrasierung – wie Sägezähne – dessen, was man die »bop«-Schule nennt, kombiniert mit der nachdenklichen Entspannung der auf sie folgenden »cool«-Periode. Diese letztere Eigenschaft ist jetzt bei Miles vorherrschend, in einem solchen Maße, daß es ihr gelingt, die oberflächliche Erregung seiner Improvisation in schnellem Tempo zu temperieren. Es kommt selten vor, daß Miles die Erregung des Hörers durch den Gebrauch kalkulierter Raserei sucht; er bemüht sich vielmehr, durch Übermittlung einer inneren Spannung den Kontakt herzustellen. Das Paradox dieser Spannung, die aus einem anscheinend relaxten Stil entstand, wurde einst in all seiner Kraft zum ersten Mal von Lester Young vorgeführt, und Miles hat es zu neuen Höhen getragen.

Das Timbre – sanft, reich, intim und warm – ist bei Davis ein sofort wiedererkennbares Merkmal. In den letzten Jahren hat sich Miles desgleichen der schallgedämpften Trompete zugewandt, die sanft ganz nah am Mikrofon gespielt wird. In den Clubs wie auf der Schallplatte hat ihm diese Technik einen sehr persönlichen Klang gegeben. Wenn er offen spielt, bewahrt er sein »Markenzeichen«, und wenn die jungen »Fans« ihn anbeten, finden die Alten in ihm ein wenig den Klang des betrauerten großen Joe Smith wieder, der sich die Soli mit dem jungen Armstrong in der Henderson-Band teilte, lange bevor Miles geboren wurde.

Miles, gebürtig aus Alton (Illinois), lernte das Trompetespielen in Saint Louis und Umgebung. Sein erstes Idol war Roy Eldridge. Als die Band Billy Eckstines in der Stadt auftrat, lernte Miles Charlie Parker und Dizzy Gillespie kennen. Gillespie ließ sich von dem jungen Miles erobern und erlaubte ihm, »to make a beef« (mit der Band zu spielen). 1945, mit 19 Jahren, verließ Miles seine Geburtsstadt, um an der Juilliard School in New York zu studieren, und er erwarb die Grundlagen in Harmonie und Musiktheorie. Dizzy riet ihm, Klavier zu studieren, so daß er selbständig neue Harmonien finden könnte; das gestattete es ihm, ein sicheres und schnelleres Verständnis davon zu erlangen, was ein Solist auf eine gegebene Harmonie spielen oder nicht spielen darf.

Miles wurde von der Gruppe der Musiker schnell akzeptiert, in deren Mitte Gillespie und vor allem Parker thronten, mit dem er seine ersten Aufnahmen machte. Er spielte mit zahlreichen Gruppen aus New York und schloß sich sogar für eine gewisse Zeit Eckstine an. Von seinen Studien bei Juilliard ermutigt, dirigierte Miles für kurze Zeit eine Combo von mittlerer Bedeutung, die musikalisch ein großer Erfolg war, kommerziell aber einer der schönsten Reinfälle wurde, die das Nightclub-Milieu je erlebte. Es war eine offen experimentelle Gruppe, die einige der ungewöhnlichsten Arrangements beinhaltete, die jemals von einer Jazzband präsentiert worden waren, und seiner Blechbläsergruppe hatte er ein Horn und eine Tuba beigefügt. Um leben zu können, kehrte Miles in die 52nd Street zu Parker und den anderen zurück, um dort zu arbeiten, kurz bevor sie von Striptease-Clubs völlig überschwemmt wurde. (In unseren Tagen ist die »Jimmy Ryan«-Bar, die älteste neben der auf Dixieland spezialisierten »Nick's«, der einzige aller Jazzclubs, der weiterhin diese Musik spielt.)

Eine Zeitlang wurden die körperlichen und musikalischen Aktivitäten Miles' von einer Krankheit unterbrochen, aber 1954 kam er ganz groß wieder zurück und hat sich seither wirklich als ein ganz großer Musiker behauptet. Sein derzeitiges Quintett nimmt seine ganze Zeit in Anspruch, und seine Schallplatten beweisen, daß es zur Zeit eine der besten Post-Bop-Gruppen ist.

Drei Musiker aus Philadelphia und ein junger Bassist aus Detroit umgeben Miles. Der Tenorsaxophonist John Coltrane ist eine persönliche Entdeckung von Miles, oder beinahe jedenfalls: er begann 1949 am Dirigierpult bei Dizzy, aber er verdankt es Miles, als Solist anerkannt worden zu sein. Der Pianist Red Garland ist ebenfalls eine Art Protégé von Miles und teilt dessen Interesse für das Boxen; tatsächlich war Red einmal ein Mittelgewicht, gut genug, um die Ehre zu haben, ein Match gegen Sugar Ray Robinson im Verlauf von dessen Aufstieg zum Weltmeistertitel zu verlieren. (Was nichts Ehrenrühriges hatte; zu jener Zeit seiner Karriere verlor Sugar Ray nicht eine Begegnung in zehn Jahren.)

Der Drummer Joe Jones ist ein Mitglied der Roach-Blakey-Schule der »harten« Percussionisten. Man kennt ihn unter dem Spitznamen »Philly-Joe Jones«, um ihn von Jonathan »Jo« Jones, dem berühmten Ex-Drummer von Basie, zu unterscheiden. Schließlich Paul Chambers, entdeckt vom Jay Jay Johnson-Kai Winding-Quintett – er wird heute für einen der talentiertesten unter den jüngeren Bassisten gehalten.

Die vorliegenden Aufnahmen sind repräsentativ für das neuere Repertoire von Miles Davis. *Round about Midnight*, geschrieben vom Pianisten Thelonious Monk und angereichert von Dukes Ex-Trompeter Cootie Williams, ist eine Art Klassiker des zeitgenössischen Jazz seit seinen ersten Aufnahmen, die etwa zehn Jahre zurückliegen. Es war auch eines dieser Stücke, das Miles 1955 beim Newport-Festival spielte, mit dem Resultat, daß sich die Leute fragten, wo Miles die ganze Zeit gesteckt habe. (Er hatte sich unaufhörlich mal hier, mal da gezeigt, aber augenscheinlich hörte niemand hin...) Die genialen Übergänge der Harmonien sind ein ideales Gerüst für Miles' Ausdruck in seinem »blue humour«, und dieses Stück wird wohl nicht mehr von Miles losgelöst gesehen werden können.

Ah-Leu-Cha stammt aus der engen Zusammenarbeit von Miles Davis und Charlie Parker in New York. Der kontrapunktische Charakter dabei ist seltsam – das Arrangement vom Anfang und vom Schluß klingt wie ein als Bop gespielter Dixieland.

Was Miles aus einem hübschen Volkslied zu machen imstande ist, wird ausgiebig in seiner geschickten, entspannten, two-beat-bestimmten Interpretation des Cole-Porter-Themas *All of You* bewiesen. Das gleiche Gefühl herrscht im Laufe des alten Klassikers *Bye, Bye, Blackbird* vor. Einige von Miles' Fans sind äußerst erstaunt, wenn sie alte Hits dieser Art oder modische Lieder wie *All of You* von ihm hören; das stört Miles nicht im geringsten. Er betrachtet sie als Themen, die für seine Trompete und seine Gruppe ideal geeignet sind, und das ist alles, was ihn dabei interessiert.

Tadd's Delight erinnert an einen anderen Partner der 40er Jahre, Tadd Dameron, einen der ersten Komponisten-Arrangeure der Bop-Periode, der solide technische Kenntnisse (er lernte nach der Schillinger-Methode) in die neue Jazz-Schule einbrachte.

Dear Old Stockholm ist ein schwedisches Volkslied, dessen nostalgischer Charakter sich gar nicht besser für Miles' Stil der gedämpften Trompete eignen könnte. Aus dem ungewöhnlichen Bau dieses Stückes mit seinen vielfachen breaks entsteht eine Wirkung, die Gefühlvolles mit der Eigenschaft verbindet, die am ehesten durch den Terminus »misterioso« beschrieben werden kann ... Das lange Baß-Solo von Paul Chambers am Anfang dieser Interpretation verstärkt den Eindruck des Seltsamen, die diese bewegende Darbietung ausstrahlt.

Ein Opfer des amerikanischen Films: der Jazz

Anscheinend hat der Jazz in den mehr oder weniger zwanzig Jahren, in denen man in Europa davon spricht, nicht besonders ernstzunehmende Fortschritte in seiner Eroberung des Publikums gemacht. »Paradox«, werden Sie sagen: »Radio, Filme, Music-Halls und Kabaretts spucken den ganzen Tag lang diese ›Wilden-Musik‹ aus, und man kann in Paris nicht spazierengehen (oder an anderen Orten, die von Plakaten überflutet werden), ohne die Wände von Multicolor-Anschlägen erblühen zu sehen, auf denen in riesigen Buchstaben die Namen von Rex Stewart, Django Reinhardt und vielen anderen prangen. Das Publikum leiht der Schlacht des Bebop gegen den alten Stil sein Ohr, und die Keller, wo ›gejazzt‹* wird, haben eine unglaubliche Popularität, obwohl das, was man da zu hören kriegt, oft nicht mehr als viel guten Willen bezeugt. Der Jazz ist überall, und Sie erklären, daß er überhaupt keinen Schritt weitergekommen ist. Entweder scherzen Sie oder Sie sind ein Lügner ...«
Weder das eine noch das andere. Der Jazz, der echte, ist das Opfer derartiger Erstickungsversuche, daß es ein Wunder ist, wenn er lebend davonkommt, wenn man noch hin und wieder guten Jazz hören kann, gute Musiker erleben kann. Erstickungsversuche, bei denen der Film eine wichtige Rolle spielt. Es geht nicht nur um die Rolle des MGM-Löwen, denn R.K.O., Universal, die Warner Brothers und andere Carcharodonten** der Filmfinanz rivalisieren mit Geschick und Gewitz, um diese Musik zu kastrieren; die ihnen doch eigentlich um so wertvoller sein müßte, als sie wirklich die einzige neue und wertvolle künstlerische Verwirklichung ist, die Amerika

* Jazz: Wort westafrikanischen Ursprungs, Bedeutung: Koitus.
** Es handelt sich um den Carcharodonticus carcharias oder Weißen Hai oder »Maneater«.

fähig gewesen ist, am Altar Apollons (falls er es ist) darzubringen.
Zunächst etwas Geschichte. Man weiß, daß von den zwei Wendepunkten in der Entwicklung der Jazzmusik der erste zur Zeit der Erfindung der elektrischen Aufnahmetechnik, der zweite im Moment der intensiven Entwicklung von Ton- und Sprechfilm anzusiedeln sind. Es gab um diese beiden Daten herum plötzlich eine starke Nachfrage nach Musikern; mit dem Unterschied, daß es im ersten Fall, bei der Aufnahme, egal war, ob sie schwarz oder weiß waren, da man sie nun einmal ausbeutete; während im zweiten Fall die Rassendiskriminierung und -trennung die Verwendung von Bleichgesichter-Bands auferlegte …
Beginnend mit dieser zweiten Phase (kurz nach der Wirtschaftskrise Anfang der 30er Jahre) stürzten sich die Weißen auf dieses Problem, mit aller nur denkbaren Energie, da es sich darum drehte, es den Schwarzen zu zeigen. Die Schwarzen sind als Schuhputzer perfekt, als Arschtritt-Einstecker, Dienstboten (zur Not) und Baumwollpflücker (und nur dann, wenn sie sich von Zeit zu Zeit aufhängen und grillen lassen). Aber wie soll man zulassen, daß Neger Applaus bekommen, selbst wenn man in Betracht zieht, daß er ihrer Musik gilt?* Halt, halt, Meine Herren. Zu Ihren Bürsten! In Ihre Küchen! Auf Ihre Felder!
So bekam von 1930 bis 1940 praktisch keine schwarze Band die Starrolle in einem Film, während die »Hollywood Hotel« und andere Schmarren des Herrn Irving Berlin ohne Unterbrechung aufeinanderfolgten, um bei der Monumental-Unsäglichkeit der Lebensgeschichte von Al Jolson, untertitelt »Die Geburt des Jazz«, zu landen. Die echten Jazzbands, Armstrong und andere, kamen manchmal im Hintergrund vor, in »Fifi Fischhaut« oder in »Irrende Kavaliere«, wo man

* Darin konnte man sich jedoch verteidigen: zeigte Herr André Cœuroy nicht, daß der Jazz eine Erfindung der Weißen war? Das geschah jedoch leider in der Besatzungszeit, und seine Botschaft erreichte Amerika nicht …

sie mit etwas Glück einige Sekunden lang zu erhaschen drohte, wenn die Kinobesitzer die Passage nicht schneiden ließen. Koste es, was es wolle – die Wahrheit kam doch an den Tag: das Entstehen der Hot-Clubs zuerst in Frankreich und Großbritannien, dann in Amerika als deren Imitation, was mir, unter uns gesagt, ziemlich spanisch vorkommt, die Entwicklung einer Kritik ohne den Maulkorb der Rassenvorurteile – ließ Caesar zukommen, was Caesars war, Stück für Stück, »King« Buddy Bolden und »King« Oliver erhielten ihr Königreich zurück, und die Herren Whiteman und Hylton erhielten desgleichen, was ihnen gebührte …
Der amerikanische Film schien diese Situation zu akzeptieren; es gab »Stormy Weather« und immer zahlreichere Passagen, für die man nach den Schwarzen rief (noch heute, wie in »Hellzapoppin'«, wo man sie als Küchenbullen oder Zimmermädchen verkleidet). Aber endlich, neulich, der Clou: »New Orleans oder das Leben des Louis Armstrong«. New Orleans, wo die Schwarzen zugunsten einer widerlichen Sängerin und einem fettbäuchigen Schmalzcaruso die Kastanien aus dem Feuer holen, New Orleans, das die Besten des Jazz vor dem Altar des Herrn Herman (Woody) als Opfergabe schlachtet. Man bräuchte eine ganze Ausgabe des »Écran«, um so von den Herren Lubin und Levey, den Verantwortlichen dieses Films, zu reden, wie es angebracht wäre. Aber Sie haben den fraglichen Streifen gesehen, und ich denke, Sie haben verstanden, daß ohne Armstrong und seine Vorgänger Herr Herman an seinem eigentlichen Platz geblieben wäre und weiter Klaviere wichste. Mit einem Schlag kommt die amerikanische These ans Licht: Die Schwarzen sind große Männer gewesen, einverstanden; geben wir das zu; aber jetzt machen wir Weißen es besser als sie: wir sind die neuen Könige. Und in 10 Jahren wird der dann gerade aktuelle Woody Herman triumphierend auftreten, nachdem man uns lang und breit erklärt hat, daß er alles gewissen Individuen mit dunkler Haut verdankt … die am Anfang, in den Vierzigern, grassierten …

Zu dieser Ausgabe

Satiren und Szenarios **Boris Vian hat sich von** 1940 an intensiv mit dem Phänomen Film auseinandergesetzt, er war ein passionierter Kinogänger und Amateurfilmer, hat seine Aktivitäten als Drehbuchautor und Darsteller jedoch hauptsächlich aus Gründen der Unterhaltung betrieben.

Unterhaltung mit einem Adjutanten (Conversation avec un adjudant): Der Text entstand 1958 und war von Vian ursprünglich als Vorwort zu seiner Theorie des Chansons, »En avant la Zizique«, vorgesehen, an dessen Stelle er dann aber eine kleine einleitende Notiz über das Wort »Khon« setzte. Enthalten in »Textes et Chansons«.
© 1969 Héritiers Vian et Christian Bourgois Editeur, Paris. - Deutsch von Klaus Völker. © 1978 für die deutsche Übersetzung Verlag Klaus Wagenbach, Berlin.

Wenn ihre Frauen sich zanken (Quand vos femmes se querellent): Der Beitrag erschien, gezeichnet mit dem Pseudonym Adolphe Schmürz, in Nr. 134 der Zeitschrift »Constellation« im Juni 1959. - Enthalten in »La Belle Epoque (Variétés)«, Paris 1982.
© 1982 Christian Bourgois Editeur, Paris. - Deutsch von Frank Heibert. © 1985 für die deutsche Übersetzung Zweitausendeins, Frankfurt am Main.

Der Kommissar und die Grüne Pantherin (Le Commissaire et la Panthère Verte): Wurde im Oktober 1949 für Marcel Pagliero geschrieben, den in London (1907) geborenen italienischen Schauspieler und Regisseur, der seit 1948 meistens in Frankreich drehte.
© 1978 Christian Bourgois Editeur, Paris. - Deutsch von Frank Heibert. © 1984 für die deutsche Übersetzung Zweitausendeins, Frankfurt am Main.

Sprengt die Bank! (Faites sauter la banque!): Skizze für einen Film, geschrieben am 6. November 1958.
© 1978 Héritiers Vian et Christian Bourgois Editeur, Paris. - Deutsch von Frank Heibert. © 1984 wie *Der Kommissar und die grüne Pantherin.*

Eine Wohnung in einem Fingerhut (Un appartement dans un dé à coudre): Der Beitrag erschien unter dem Pseudonym Claude Varnier in der Zeitschrift »Constellation«, Nr. 49, Mai 1952. - Enthalten in »La Belle Epoque (Variétés)«.
© wie *Wenn ihre Frauen sich zanken.*

Brief an den Provéditeur-Editeur über einige moralische Fragen (Lettre au Provéditeur-Editeur sur quelques équations morales): Erschien in Nr. 21 der Cahiers du Collège de Pataphysique, 22. Sable 83 (vulgo 22. Dezember 1955).
©1972 Société Nouvelle des Editions Pauvert, Paris. - Deutsch von Eugen Helmlé. © 1984 für die deutsche Übersetzung Zweitausendeins, Frankfurt am Main.

Lieder und Balladen *Rue Traversière* (Rue Traversière): Geschrieben im September 1952. Vertont von Boris Vian und von Claude Laurence. Es gibt noch eine kürzere Version des Liedes sowie eine Plattenfassung von Arlette Téphany. - Mehrfach gedruckt: in »Textes et chansons«, Paris 1966, in »Cantilènes en gelée«, Paris 1972, und in »Chansons«, Paris 1984. - Die rue Traversière befindet sich im 12. Arrondissement von Paris, zwischen dem Quai de la Rapée und der rue du Faubourg Saint-Antoine.
© 1984 Héritiers Vian et Christian Bourgois Editeur, Paris. - Deutsch von Klaus Völker. © 1985 für die deutsche Übersetzung Zweitausendeins, Frankfurt am Main.

Klage über den Fortschritt (Complainte du progrès): Entstanden 1955. Einer der bekanntesten Titel von Boris Vian. Musik von Alain Goraguer. Gehört ebenfalls zur Gruppe der von Vian gesungenen Lieder. Es gibt außerdem eine Aufnahme von Mouloudji, und kürzlich hat Bernard Lavilliers das Lied auf Platte gesungen. - Gedruckt in »Textes et chansons« (1966) und in »Chansons«, Paris 1984.
© 1984 wie *Rue Traversière.*

Gefährliche Verletzungen (Les lésions dangereuses): Der Titel spielt auf den Roman »Les liaisons dangereuses« (Gefährliche Liebschaften) von Choderlos de Laclos an. - Geschrieben 1955. Musik von Jimmy Walter. - Enthalten in der Taschenbuchausgabe von »Textes et Chansons« (1969).
© 1969 Héritiers Vian et Christian Bourgois Editeur, Paris. - Deutsch von Klaus Völker. © 1978 für die deutsche Übersetzung Verlag Klaus Wagenbach, Berlin.

Die fröhlichen Schlächter (Les joyeux bouchers): Gehört zu der Gruppe von Liedern, die Boris Vian auch selbst gesungen hat. Geschrieben 1955. Musik von Jimmy Walter. - Enthalten in »Textes et Chansons«. - Die zweite Zeile des zweiten Couplets hieß ursprünglich »Von Hiroshima, Buchenwald und anderswo«.
© wie *Gefährliche Verletzungen.*

Doktor Schweitzer (Le Docteur Schweitzer): Dieser Text, 1959 geschrieben, entstand im Hinblick auf eine politische Bilderbogenserie, die Boris Vian gemeinsam mit dem Karikaturisten Siné plante. Für Boris Vian war Albert

Schweitzer eine eher peinliche Erscheinung und ein Repräsentant des französischen Kolonialismus in Afrika. Schweitzers humanitäres Wirken, für das er 1952 den Friedensnobelpreis erhielt, wurde ja inzwischen in ein weniger verklärtes Licht gerückt, und auch sein Musikverständnis wird von Fachleuten allenfalls als besseres Dilettantentum bewertet. – Erstdruck 1960 im Dossier 12 des Collège de Pataphysique. Von Noël Arnaud in den Band »Cantilènes en gelée« aufgenommen.
© 1972 Héritiers Vian, Paris. – Deutsch von Klaus Völker. © 1985 für die deutsche Übersetzung Zweitausendeins, Frankfurt am Main.

Freiheit (Liberté): Um 1946/47 geschrieben, von Vian handschriftlich mit Paul Eluard unterzeichnet. Mit diesem Gedicht wollte er den Jazz-Musiker Claude Léon, der Eluard aus der Zeit der Résistance kannte und dessen Gedichte er sehr schätzte, von seiner uneingeschränkten Verehrung »heilen«, was ihm auch gelungen sein soll. Enthalten in »Ecrits pornographiques«.
© 1980 Christan Bourgois Editeur, Paris. – Deutsch von Klaus Völker. © 1985 für die deutsche Übersetzung Zweitausendeins, Frankfurt am Main.

Ich möchte nicht krepieren; Warum ich lebe; Das Leben ist wie ein Zahn; Es gab mal eine Kupferlampe; Ich will in Grätenform ein Leben aus dem Zyklus: *Ich möchte nicht krepieren* (Je voudrais pas crever): Mit der Publikation dieser kleinen, 23 Gedichte umfassenden Sammlung 1962 im Verlag Jean Jacques Pauvert setzte der posthume Ruhm von Boris Vian ein. Fast alle Gedichte wurden 1951/52 geschrieben. Nur »Ich will in Grätenform ein Leben« ist genau datiert: 5. Dezember 1952.
© 1962 J. J. Pauvert und 1972 Héritiers Vian, Paris. – Deutsch von Eugen Helmlé. © 1985 für die deutsche Übersetzung Zweitausendeins, Frankfurt am Main.

Ich liebe nur mich (Je n'aime que moi): 1957 entstanden. Musik von Alain Goraguer. Später auch von Yves Gilbert vertont. – Enthalten in »Chansons«.
© wie *Rue Traversière.*

Mit Haar aus dem Zyklus: *Barnum's Digest*: Die kleine Sammlung von zehn Texten entstand zu den Zeichnungen von Jean Boullet und wurde von den Verfassern 1948 in einer Auflage von 250 Stück im Selbstverlag herausgegeben (Verlag »Aux Deux Menteurs« = Zweilügner-Verlag. 68, avenue de l'Italie war die Anschrift von Jean Boullet). Das Büchlein ist Martine Barnum Carol gewidmet: *Martine Carol* (1922–1967) war ein damals aufgehender französischer Filmstern, sie spielte vorzugsweise in den Filmen ihres Ehemanns Christian-Jaque, berühmt wurde sie erst durch »Die Schönen der Nacht« (1952) und »Lola Montez« (1955). Den Freak-Zirkus Barnum kannte Boris Vian vor allen Dingen durch den Film »Freaks« von

Tod Browning. – *Jean Boullet* hatte Illustrationen für »Abdeckerei für alle« angefertigt (die nicht verwendet wurden), hatte eine Vorzugsausgabe von »Ich werde auf eure Gräber spucken« ausgestattet und die Bühnenbilder zu der Theaterfassung dieses Romans entworfen. Vian und Boullet verband besonders die Wertschätzung des »Cinéma fantastique«. Jean Boullet starb 1970 in Algerien unter nicht geklärten Umständen. – Die Sammlung ist enthalten in der Ausgabe von »Cantilènes en gelée« von 1972.
© 1972 Héritiers Vian, Paris. – Deutsch von Klaus Völker. © 1985 für die deutsche Übersetzung Zweitausendeins, Frankfurt am Main.

Ratschläge für einen Freund (Conseils à un ami): Geschrieben 1958 für Henri Salvador. Das Lied hatte zunächst den Titel »An einen jungen Dichter«. Auch Mouloudji und Assayag sowie Max Rongier haben das Lied vertont. – Enthalten in der Ausgabe der »Cantilènes en gelée« von 1972.
© wie *Mit Haar* aus dem Zyklus *Barnum's Digest.*

Der kleine Mann ist der wahre Schuldige (Le lampiste est le vrai coupable): Der Text stammt aus dem Fragment gebliebenen »Traité de civisme«. Er wurde 1953 geschrieben. Erstmals publiziert im Dossier 12 (1960) des Collège de Pataphysique. Enthalten in der Sammlung »Textes et Chansons«.
© 1969 Héritiers Vian et Christian Bourgois Editeur, Paris. – Deutsch von Klaus Völker. © 1978 für die deutsche Übersetzung Verlag Klaus Wagenbach, Berlin.

Der Deserteur (Le Déserteur): Boris Vian bekanntestes Chanson entstand Anfang 1954. Erst nach Beendigung des Algerienkrieges wurde das Verbot, das der im Lied angesprochene Präsident der vierten Republik, René Coty, verfügt hatte, aufgehoben. Das entscheidende Moment dieses Liedes ist der Appell an die Haltung des Einzelnen zum Krieg. Kriegsdienstverweigerung ist für Vian keine Frage des Gewissens, sondern der Vernunft. Es ist kein Beitrag zur Weltfriedensbewegung. Nicht die Protesthaltung ist wichtig, sondern die Entscheidung, nicht am Krieg teilzunehmen. Den Militärs hielt Vian entgegen: »Ich habe kein antimilitaristisches Chanson verfaßt, es handelt sich lediglich um ein für Zivilpersonen bestimmtes Chanson.« Ursprünglich hatte das Lied keinen »pazifistischen« Schluß, Desertion heißt für Vian eben: lebend bekommt ihr mich nicht. Freunde rieten ihm zur Änderung, um das Lied »unangreifbar« zu machen, als »Pazifist« war man kein Gegner der Militärs, man hatte eben einen anderen »Glauben«, den es zu respektieren galt. – »Der Deserteur« ist enthalten in »Textes et Chansons«, dort ohne die ursprüngliche Schlußstrophe des Liedes, das Vian in der gemeinsam mit Harold Berg besorgten Vertonung sang, an die sich meistens auch die zahlreichen anderen Versionen (von Serge Reggiani oder Joan Baez) anlehnen.
© wie *Der kleine Mann ist der wahre Schuldige.*

Offener Brief an den Herrn Stadtrat Paul Faber (Lettre ouverte à M. Paul Faber, conseiller municipal): Der Text entstand 1955 und war für die Zeitung »France-Dimanche« bestimmt, die ihn aber nicht druckte. - Enthalten in »Textes et Chansons«.
© 1969 Héritiers Vian et Christian Bourgois Editeur, Paris. - Deutsch von Frank Heibert. © 1984 für die deutsche Übersetzung Zweitausendeins, Frankfurt am Main.

Kritische Rundschau des engagierten Lügners: Geschrieben für »Les Temps Modernes« im September 1948. Blieb unveröffentlicht. - *Ganelon*: Figur aus dem »Rolandslied«. Er verrät Roland in der Schlacht von Roncevaux. Wurde zum allgemeinen Symbol für den Typ des Verräters. - Wortspiele mit Pluralformen militärischer Ränge betreibt Vian in ähnlicher Form auch in dem Stück »Der Nachmittag der Generäle« (General - Degenerierte). - Der Jazzkeller-Club *Le Lorientais* in der rue des Carmes war eine Gründung von Claude Luter.
© 1974 Christian Bourgois Editeur, Paris. - Deutsch von Wolfgang Sebastian Baur. © 1984 für die deutsche Übersetzung Zweitausendeins, Frankfurt am Main.

Schriften über Jazz

In den ersten Jahren nach der Befreiung Frankreichs war Boris Vian ein in den Kellerlokalen von Saint-Germain-des-Prés gefeierter Jazztrompeter. Als ihm der Arzt 1948 das Musizieren verbot, mußte er sich darauf beschränken, Jazzkritiken zu schreiben, die er im »Combat« und regelmäßig in der Zeitschrift »Jazz-Hot« publizierte. (Die in »Jazz-Hot« erschienenen Beiträge faßte Lucien Malson 1967 zu dem Band »Chroniques de Jazz« zusammen.) Jacques Canetti, der erste Jazzschallplattenproduzent in Frankreich (ein Bruder des Schriftstellers Elias Canetti), überließ ihm die Gestaltung des Jazz-Programms für die Plattenfirma Philips. Für die Plattenhüllen, die Beihefte zu Plattenalben und Werbebroschüren verfaßte Vian biographische Portraits, Charakteristiken und ironisch pointierte musikgeschichtliche Erläuterungen, großenteils Gelegenheitstexte, die ihn als leidenschaftlichen Kenner der Materie und als witzigen Polemiker zeigen. Die Mehrzahl der großen Jazz-Musiker konnte er zu seinen Freunden zählen: Duke Ellington, Miles Davis, Erroll Garner, Charlie Parker und Sidney Bechet. Der Sänger und Komponist Henry Salvador erklärte nach dem Tod von Boris Vian: »Er war versessen auf Jazz, er lebte nur durch den Jazz, er hörte Jazz nicht, er drückte sich im Jazz aus.«

Kurzgefaßte Geschichte des Jazz (Histoire abregée du jazz): Gedruckt im Beiheft zur Plattenserie »Jazz für alle« bei Philips. - Der belgische Musikhistoriker *Robert Goffin* schrieb 1929 das erste Jazzbuch. - Der Psychoanalytiker

und Kulturanthropologe *Ernest Borneman* (geb. 1915) war wie Boris Vian ein begeisterter Amateurjazzmusiker. Er schrieb eine Geschichte der afroamerikanischen Musik: »The Anthropologist looks at Jazz«, er gründete ein Jazzmagazin, organisierte Jazzkonzerte, arbeitete an Jazzfilmen mit. 1947 lebte er in Paris und gehörte dort zum Freundeskreis von Boris Vian. (Vgl. Borneman, Die Ur-Szene. Frankfurt 1977, S. 366 f.) – *Agénor Fenouillard*: der Stammvater der Familien Fenouillard, Cornouillet und der Wissenschaftspioniere Camember und Cosinus, deren Schicksale, Taten und Abenteuer der Autor Georges Colomb (1856–1945, seine belletristischen Werke zeichnete er mit dem Pseudonym Christophe) in Fortsetzungsromanen schilderte, die vor dem Ersten Weltkrieg so populär waren wie die Werke von Jules Verne und die »Fantômas«-Romane.
Die Portraits von *Mahalia Jackson, Count Basie, Erroll Garner* und der Beitrag über *»Louis Armstrong and his Hot Five«* sind für die Platten Nr. 2, Nr. 4, Nr. 8 und Nr. 11 der Reihe »Jazz pour tous« bei Philips geschrieben. Der Beitrag über *Miles Davis* entstand für eine Philips-Langspielplatte des Jazztrompeters, er ist gezeichnet mit George Avakian (Adapté par Boris Vian). Deutsch von Frank Heibert. © 1984 für die deutsche Übersetzung Zweitausendeins, Frankfurt am Main.

Ein Opfer des amerikanischen Films: der Jazz (Une victime du cinéma américain: le jazz): Erschien am 13. Januar 1948 in Nr. 133 der Zeitschrift »L'Écran Français«. – Das Musical »Hollywood-Hotel« von Irving Berlin wurde 1937 gedreht. In Filmen dieser Art wurden Jazz oder Jazzmusiker als Sondernummern präsentiert. In »Hollywood-Hotel« spielten Benny Goodmans Quartett und Orchester einige ihrer bekanntesten Nummern. – *Al Jolson* (1883–1950), der jüdisch-amerikanische Jazzsänger machte 1927 Filmgeschichte mit »The Jazz Singer«, dem ersten öffentlich aufgeführten Tonfilm. »Die Geburt des Jazz« beziehungsweise »The Jolson Story« (1946) ist einer der beiden nicht sehr wahrheitsgetreuen biographischen Filme (es folgte 1949 »Jolson Sings Again«), in denen Jolson von Larry Parks dargestellt wurde. Die Lieder sang aber Jolson. – *»Hellzapoppin'«*: eine verrückte, exzentrische Filmklamotte mit Ole Olsen und Chic Johnson, die hier von sämtlichen Trickmöglichkeiten des Films ausgiebig Gebrauch machen. Gedreht 1941. Der deutsche Verleihtitel war »In der Hölle ist der Teufel los«. – In dem Film *»New Orleans«* von 1947 spielten Louis Armstrong, die Sängerin Billie Holiday, Woody Hermans Band und der Boogie-Woogie-Pianist Meade Lux Lewis. – *»Stormy Weather«*: Ein amerikanischer Film, in dem Fats Waller, Bill Robinson, die Nicolas Brothers und Cab Calloway mitwirkten.
© 1978 Christian Bourgois Editeur, Paris. – Deutsch von Frank Heibert. © 1984 für die deutsche Übersetzung Zweitausendeins, Frankfurt am Main.

Klaus Völker

Werke von Boris Vian
Verzeichnis der Erstausgaben

J'irai cracher sur vos tombes. Roman. Paris, 1946
Vercoquin et le plancton. Roman. Paris, 1946
L'Écume des jours. Roman. Paris, 1947
Les Morts ont tous la même peau. Roman. Suivi de *Les Chiens, le désir et la mort.* Paris, 1947
L'Automne à Pékin. Roman. Paris, 1947
Barnum's Digest. Poèmes. Paris, 1948
Et on tuera tous les affreux. Roman. Paris, 1948
Cantilènes en gelée. Poèmes. Limoges, 1949
Les Fourmis. Nouvelles. Paris, 1949
L'Herbe rouge. Roman. Paris, 1950
L'Équarrissage pour tous. Pièce. Suivi de *Le dernier des métiers.* Paris, 1950
Elles se rendent pas compte. Roman. Paris, 1950
L'Arrache-cœur. Roman. Paris, 1953
En avant la Zizique. Esquisse d'une classification des chansons. Paris, 1958
Fiesta. Opéra en un acte. Livret de Boris Vian; Musique de Darius Milhaud. Paris, 1958
Les Bâtisseurs d'Empire. Pièce. Paris, 1959
Zoneilles (avec Michel Arnaud et Raymond Queneau). Paris, 1961
Je voudrais pas crever. Poèmes. Paris, 1962
Le Goûter des généraux. Pièce. Paris, 1962
Textes et chansons. Paris, 1966
Trouble dans les Andains. Roman. Paris, 1966
Chroniques de Jazz. Paris, 1967
Le Loup-garou. Suivi de douze autres nouvelles. Paris, 1970
Théâtre inédit: Tête de méduse, Série blême, Le Chasseur français. Paris, 1971
Chroniques du Menteur. Paris, 1974
Manuel de Saint-Germain-des-Prés. Texte présenté et établi par Noël Arnaud. Iconographie rassemblée par d'Déé. Chêne. Paris, 1974
Le Chevalier de neige. Paris, 1974
Le Dossier de l'affaire »J'irai cracher sur vos tombes«. Paris, 1974
Derrière la Zizique. Paris, 1976
Petits Spectacles. Paris, 1977
Cinéma. Science-Fiction. Paris, 1978
Traité de civisme. Paris, 1979
Écrits pornographiques. Paris, 1980
Écrits sur le Jazz. Tome I. Jazz-Hot/Combat. Paris, 1981
Le Ratichon baigneur et autres nouvelles inédites. Paris, 1981
Autres Écrits sur le Jazz. Tome II. Paris, 1982
La Belle Époque (Variétés). Paris, 1982

Opéras. Paris, 1982
Chansons. Paris, 1984
Cents sonnets. Paris, 1984
Rue des ravissantes et dix-huit autres scénarios cinématographiques. Paris, 1989

Boris Vian Geboren 1920 in Ville d'Avray. 1939 École Centrale des Arts et Manufactures in Angoulême. 1942 Ingenieursexamen. Begründet eine Amateurjazzband mit Claude Abadie. 1946/47 erscheinen seine ersten Romane, gefördert von Raymond Queneau und Jean-Paul Sartre. Bis 1947 Ingenieur; daneben und in den folgenden Jahren Schriftsteller, Jazztrompeter, Chansonnier, Schauspieler, Übersetzer und Leiter der Jazzplattenabteilung bei Philips. Starb 1959 in Paris.

Boris Vian
Werke in Einzelausgaben

Das rote Gras
In diesem Roman erforschen die Männer vergeblich sich selbst, und die Frauen stehen und liegen kopfschüttelnd daneben.
Wagenbachs Taschenbuch 233, 152 Seiten

Ich werde auf eure Gräber spucken
Ein völlig verfickter Roman aus verfickten Zeiten: Vian in der Verkleidung eines schwarzen amerikanischen Krimi-Schriftstellers!
Wagenbachs Taschenbuch 240, 136 Seiten

Wir werden alle Fiesen killen
Vom blutigen Anfänger zum Sex-and-Crime-Profi nimmt Rock Bailey seinen Weg und entlarvt Dr. Schutz, der in geheimen Laboratorien aus den schönsten Frauen und den standhaftesten Männern makellose Klons herstellt und damit schon etliche Fiese gekillt hat.
Wagenbachs Taschenbuch 242, 192 Seiten

Aufruhr in den Andennen
Dieser Roman ist Boris Vians Erstling – er zeigt uns hier, wie fruchtbar die Liaison ungezügelter Phantasie mit einem frischen Ingenieurdiplom sein kann.
Wagenbachs Taschenbuch 243, 96 Seiten

Tote haben alle dieselbe Haut
Eine witzige, böse Travestie auf den amerikanischen Krimi und seine machistischen, großmäuligen, prügelnden, saufenden Weiberhelden.
Wagenbachs Taschenbuch 244, 128 Seiten

Faule Zeiten. Sämtliche Erzählungen I
Unbändige Fabulierlust, spottgeladener Zorn auf uniformierte und zivile Autoritäten und anarchistischer Furor bilden die giftigen Ingredienzen und den heiteren Sprengstoff dieser Prosa.
Wagenbachs Taschenbuch 247, 208 Seiten

Liebe ist blind. Sämtliche Erzählungen II
Wie zieht man einer Existentialistin die schwarze Hose aus und was bleibt dann von ihr übrig?
Ist die Liebe im Freien ratsam oder eher nicht?
Boris Vian beantwortet grundlegende Lebensfragen.
Wagenbachs Taschenbuch 248, 240 Seiten

Drehwurm, Swing und das Plankton
Wie amüsiert man sich auf einer Party, auf der die begehrteste Frau unter besonderem Schutz eines Unteringenieurs steht, der soeben eine Vorstudie über Hebewerksenthärter angelegt hat? Für diesen ungleichen Kampf, in dem alle Mittel erlaubt sind, werden wirkungsvolle Taktiken und Geheimwaffen verraten.
Wagenbachs Taschenbuch 249, 184 Seiten

Der Herzausreißer
Ein surrealer Roman voll Unzucht, Psychoanalyse und Geistererscheinungen: Jacquemort kommt ans Meer, hilft bei einer Geburt von Drillingen, erfreut sich an den Raufereien des Pfarrers mit der Dorfbevölkerung, bedient ein Kindermädchen und muß sich mit einer besonders ausgefallenen Form der Mutterliebe auseinandersetzen.
Nur Psychiater darf er nicht spielen.
Wagenbachs Taschenbuch 257, 216 Seiten

Die kapieren nicht
Ein »amerikanischer« Roman, den Boris Vian unter Pseudonym schrieb, um Zensur und miese Laune zu vertreiben: Eine wüste Satire auf feine Leute, erotische Knaller und das rasende Leben. Jeder ist hinter jedem her und keiner kapiert was.
Wagenbachs Taschenbuch 258, 136 Seiten

Herbst in Peking
Der exaltierteste Roman von Boris Vian:
Er erzählt die Geschichte einer Liebe und das Scheitern einer großen Spekulation.
Wagenbachs Taschenbuch 271, 296 Seiten

Verlag Klaus Wagenbach, Ahornstraße 4, 10787 Berlin

Sprengt die Bank!
erschien als 12. Band der
Werke in Einzelausgaben

Wagenbachs Taschenbuch 272
Originalausgabe

Die Urheberrechte sind im Anhang S. 118 bis 123 einzeln nachgewiesen.
© 1996 für diese Ausgabe Verlag Klaus Wagenbach, Ahornstraße 4, 10787 Berlin.
Umschlaggestaltung Rainer Groothuis unter Verwendung einer Zeichnung von Jens Bonnke. Gesetzt aus der Borgis Quadriga von der Offizin Götz Gorissen, Berlin. Gedruckt auf chlor- und säurefreiem Papier und gebunden durch Wagner, Nördlingen. Printed in Germany.
Alle Rechte vorbehalten.
ISBN 3 8031 2272 4